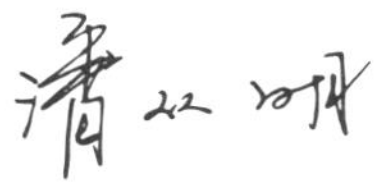

创新就是敢于挑战极限、

挑战不可能、挑战自己，

要做到感动自己、做到倾尽全力

"大国工匠人物传"丛书

潘从明

用心铸就『炼金』传奇

周习◎著

中国工人出版社

图书在版编目（CIP）数据

潘从明：用心铸就“炼金”传奇 / 周习著.
北京：中国工人出版社，2025. 7. -- ISBN 978-7-5008-8683-9
Ⅰ. I25
中国国家版本馆CIP数据核字第2025XR2325号

潘从明：用心铸就“炼金”传奇

出 版 人	董　宽
责任编辑	陈培城
责任校对	张　彦
责任印制	黄　丽
出版发行	中国工人出版社
地　　址	北京市东城区鼓楼外大街45号　邮编：100120
网　　址	http://www.wp-china.com
电　　话	（010）62005043（总编室） （010）62005039（印制管理中心） （010）62379038（社科文艺分社）
发行热线	（010）82029051　62383056
经　　销	各地书店
印　　刷	宝蕾元仁浩（天津）印刷有限公司
开　　本	880毫米×1230毫米　1/32
印　　张	5.5
字　　数	93千字
版　　次	2025年9月第1版　2025年9月第1次印刷
定　　价	49.00元

国之大者，工匠先行

——“大国工匠人物传”丛书总序

在中华全国总工会成立100周年之际，全国总工会宣传教育部、中国报告文学学会、中国工人出版社联合开展了“文艺工作者走基层”活动，推出“大国工匠人物传”丛书，向全国总工会献礼，向广大劳动者致敬！

“知者创物，巧者述之守之，世谓之工。百工之事，皆圣人之作也。”这是中国所见年代最早的关于手工业技术文献《考工记》中对工匠的记载。“工”之责在于造物，“匠”者为能工鼎识者也。

幼时，老家云南昆明大板桥的老街上，从南头到北头，都是大大小小的手艺人，木匠、石匠、焗匠、骟匠、竹篾匠、鞋匠、箍桶匠……空气中飘荡着木匠的刨花香和石匠敲打出来的粉尘，充满着焗匠手中皮带的“吱扭扭”声、骟匠刀下小猪猡的闷哼、箍桶匠皮锤不轻不重的敲击声。老街上的竹篾匠是我的一个表姨夫，他来自四川，有着一手出神入化的编造竹篾手艺。粗壮的毛竹是表姨夫手中的“百万雄兵”，在一把锋利无比的刀的指挥下，被劈成厚薄、粗细不一的篾。表姨夫的本领仅次于撒豆成兵的天神，他能化篾成物，一般家里能见到、用到的器物，他都能用竹篾编出来。母亲曾命我在老街上买一个暖水瓶的内胆，然后去表姨夫的摊位上，坐等他为暖水瓶胆编制一件竹制的外壳。那个暖水瓶至今还在我家老屋的一个角落里。竹篾壳早已被岁月包了浆，虽然久不使用，却依然油润、红亮。这便是我幼时对匠人的记忆。

五千多年的中华历史长河中，涌现出了无数能工巧匠，他们或如明月光照，或如星河璀璨。一代代薪火相传的工匠精神，不仅成就了那些流芳百世的绝世建筑与器物，更是烛照我们通向文明现代化进程的精神之光，是我们文化的自信心、民族的根与魂。

从“嫦娥”探月到“祝融”探火，从“北斗”组网到“蛟龙”深潜，从港珠澳大桥横跨三地到大兴国际机场凤凰腾飞……这些挺起中华民族脊梁的大国重器、世纪工程背后，无不凝聚着万千工匠的心血和汗水，映照着工匠们孜孜以求、拼搏奋进的身影。

本套丛书收录的是全国总工会历年评选出的大国工匠

的人物传记。他们当中有焊接高铁的“工人院士”李万君、打破国外高端设备维修垄断的王树军、让中国锻件立于世界之巅的刘伯鸣、“人刀合一”的顶级钳工李凯军、在高空“穿针引线”的竺士杰、油田里的创新能手刘丽、了不起的“钢铁裁缝”艾爱国、数控机床上的“雕刻师”孟维、让三星堆文物“活”起来的郭汉中……他们有的是传统加工业的锻造者，为了突破技术瓶颈精益求精；有的是新兴制造业的探路者，为了实现精密制造巧思妙想；有的是军工行业的铸剑者，为了打造国之重器默默坚守；有的是民间手工艺的守护者，为了传承非遗文化精雕细琢……他们奋战在国防军工、装备制造、传统工艺等行业的第一线，以久久为功的钻研和创新，造就了一个个传奇。

这些杰出的工匠，尽管行业不同、岗位不一，成长经历各异，但他们都有着爱党爱国、敬业奉献、创新争先的优秀品质。他们耐得住清贫与寂寞，用灵巧的双手和精湛的技艺，数十年如一日地在平凡的岗位上雕琢自己心中的梦想，以实际行动诠释着“执着专注、精益求精、一丝不苟、追求卓越”的工匠精神。“天下大事，必作于细。”工匠精神既是中华民族技艺世代传承的价值理念，又是中国开启新征程，从制造业大国迈向制造业强国的时代需要。

“大国工匠是我们中华民族大厦的基石、栋梁。”2024年3月5日，习近平总书记参加十四届全国人大二次会议江苏代表团审议时强调“树立工匠精神”，指出“没有金刚钻，揽不了瓷器活”，要“把第一线的大国工匠一批一批培养出来”。党的十八大以来，习近平总书记对建设高素质劳动大军高度重视，强调“当代工人不仅要有力量，还要有智慧、有技术，能发明、会创新，以实际行动奏响时代主旋律”，深刻阐述工匠精神“执着专注、精益求精、一丝不苟、追求卓越”的内涵要义，号召全社会弘扬工匠精神，“为全面建设社会主义现代化国家、实现中华民族伟大复兴的中国梦提供有力人才和技能支撑”。

“匠心聚，百业兴。”无论是传统产业，还是新兴产业、未来产业，大国工匠在发展新质生产力的历史进程中不可或缺。随着经济发展方式转型和产业结构升级，中国要实现由制造大国向制造强国的转变，实现由中国制造向中国创造的跨越，离不开广大劳动者的创新和创造，更离不开对工匠精神的继承和发扬，于是呼唤更多大国工匠成为时代强音。

文艺是时代进步的号角，最能代表一个时代的风貌，最能引领一个时代的风气。中国报告文学学会、中国工人出版社联袂推出“大国工匠人物传”丛书，以图书的形式为大国工匠树碑立传，让他们的故事和精神具有更广泛的交流传播价值和长久的史料价值。本套丛书的写作者奔赴大国工匠生活的城市，深入大国工匠工作的厂区、车间、工作室，获取了全面细致的第一手材料，最终将大国工匠的成长、成才故事呈现在读者面前。

“大国工匠人物传”丛书讲述的是个人奋斗史，也描绘出大国工匠的群体形象。可以说，这套丛书是目前国内系统研究众多大国工匠人生轨迹的权威读本，既有对每位大国工匠的整体介绍和事迹梳理，又有具体的事件、案例，全面、生动地展示了大国工匠各个人生时期的工作和生活状态。

新时代是奋斗者的时代，中国式现代化建设新征程这一宏伟事业为广大工匠技能人才成就梦想提供了广阔舞台。每位劳动者都是主角，都可以成为工匠精神的践行者。大国工匠是新时代的最美奋斗者，更是和平年代当之无愧的英雄。

国之大者，工匠先行，向着中华民族伟大复兴的目标砥砺奋进，行稳致远。

是以为序。

目　录

第一章 到大西北去

奔赴镍都拜见大国工匠

从长安街走过，五星红旗在天安门前高高飘扬，太阳金灿灿地耀眼。笔者将从北京西站出发，踏上西去的列车，奔向大西北，去拜访大国工匠、贵金属冶炼特级技师潘从明。

一路上白雪皑皑，强劲的西北风扑面而来，令人顿生纵横天地的豪迈。

潘从明的工作所在地——金昌市，处于河西走廊的中部、祁连山北麓，是赫赫有名的“中国镍都”。它是由一块绿色的孔雀石的发现而设立的工业城市，类似于甘肃的白银市、四川的攀枝花、东北的大庆。这里横亘着一座大山，与祁连山平行，是天山的余脉，呈东西方向，形似龙首蜿蜒崎岖，如一道天然的屏障阻挡着巴丹吉林沙漠的入侵。山的北面常年积雪，雪化成泉水，清冽甘甜，所以叫甘峻山，又名龙首山。龙首山下便是金昌市。

1958 年，肩负为中国制造原子弹而秘密找铀任务的煤田地质局 145 队的队员唐东福、郭春山，来到附近白家咀子村，在山上发现了一堆露出地表表层、充满绿色氧化物的石块。他们判断这可能是含有铜矿的孔雀石，便送到了永昌县政府设在河西堡铁厂的报矿点。祁连山地质队技术队长汤中立带着 5 个人来到龙首山，发现 3 组矿石。他自己怀揣着两块孔雀石标本，找到了祁连山地质队工程师、技术负责人陈鑫要求鉴定。陈鑫是西南联大地学系毕业的专家，虽然才 35 岁，却被称为地质系统 299 个“小老头”之一，很有经验。于是他特意嘱咐，测一下镍的含量。由此成就了金川铜镍矿第一份化验单。化验结果是，矿石标本中含铜 16.05%、镍 0.9%，达到工业品质。镍金属太重要了，大到航天运载火箭、潜水艇等大国重器，小到钢盆等日常用品，3000多种合金钢都少不了它。哪里需要，哪里就要付出极高的代价迂回进口。哪个部门需要，必须经过国务院核准、副总理审批，才会获得一张“镍票”。

1959年6月，国家冶金工业部大批专业人才会聚到龙首山下，之后不久永昌镍矿正式挂牌成立，1961年1月更名为金川有色金属公司。1964年，新中国第一炉镍成功出炉，从此国产镍应用于各大领域。1965年铂族金属正式提炼成功，后来形成了我国第一条比较完整的镍钴铂族金属生产线，奠定了我国镍钴工业的基石。1966年3月，邓小平视察金川，称赞金川镍矿是不可多得的“金娃娃”，是祖国的“聚宝盆”。1981年，成立金昌市。1983年，金川镍产量突破万吨大关，后于2012年成立金川集团股份有限公司，此时的金川拥有世界第三大硫化镍铜矿床，是中国最大、世界领先的镍钴生产基地和铂族金属提炼中心。大西北的戈壁滩上，因一块孔雀石的发现带来了沧海桑田的变化，改变了这片土地的命运，为新中国彻底摘掉了贫镍的帽子，催生了世界500强企业——金川集团。从此，中国的冶金事业开启了一个新纪元。

在宁静的金川公园内，笔者看到一块高大的黑白两色

潘从明（右三）受邀参加 2023 年“大国工匠年度人物”发布活动

大理石雕刻的镍都开拓者纪念碑，碑上留下了当年找矿者的大名。

潘从明从事的是金、银、铂、钯、铑、铱、锇、钌等贵金属精炼工作。2024 年 3 月，由全国总工会和中央广播电视总台联合举办的 2023 年“大国工匠年度人物”评选结果揭晓，潘从明凭借其在贵金属冶炼领域的卓越成就，成功入选 2023 年“大国工匠年度人物”。潘从明承担国家和省部级重点科研项目 9 项，完成各类创新项目 231 项，拥有国家授权专利 48 项，在核心期刊发表论文 24 篇，出版论著 2 部。其主持完成的项目荣获“国家科学技术进步奖二等奖”“中国专利优秀奖”“国际发明展览会金奖”等奖项。他个人先后获“全国劳动模范”“大国工匠年度人物”“中华技能大奖”“国家级技能大师”等荣誉称号，先后为企业和国家培养贵金属冶炼人才 200 余名，其中高技能人才达 20 人以上。

笔者第一次见到潘从明是在一个周六，他正在厂里加班。

潘从明穿着蓝绿相间的工作服，人清清瘦瘦，眼睛细长，鼻梁上架着一副细框近视眼镜，看上去精明能干。笔者不安地问：“您是提纯工序长、贵金属冶炼特级技师、甘肃省总工会兼职副主席，是中共二十大代表、中华全国总工会第十八届执行委员会主席团委员，还是全国劳动模范、全国五一劳动奖章获得者，我一时不知道怎么称呼您才合适。”

“就叫我潘班长吧，工友们一直这么叫我，这么多年来不变，习惯了，听起来顺耳。”

“潘班长好叫，顺口。潘班长哪里人？”

“我现在当然是金昌人，但是我的家乡在民勤县，它属于武威市。”

“哪里？民勤县？”听到潘从明的回答，笔者惊喜地回应道。说起来真是巧合——来到金昌市短短的几小时，笔者都在和民勤县的人打交道。出租车司机两口子是民勤人，随行助手王瑕的女儿嫁给了在成都工作的民勤县小伙。笔者立刻提出要到潘从明的家乡看看，没想到他非常抗拒：“我家在腾格里沙漠边缘，天昏地暗的，没有什么好看的。好多人来采访我，我都没有领着他们去，我劝你也别去了。”

“民勤县这个名字很好记，它是怎么来的，民众很勤劳吗？”

“是的，汉武帝时期，霍去病率兵打下了河西，在这里置郡设县。后来时间长了，民族大融合，都成了自己人。到了 1928 年，因为这里民风淳朴、人民勤劳，正式改名为民勤县。”潘从明认真地回答道。

有人说民勤县很特殊，这座沙漠边缘的县城到处是绿树，就像一个勇士傲然挺立在与沙漠搏斗的最前沿。这里的人们有着坚韧不拔、刻苦读书的信念，学业有成后，他们的选择是怀揣学问，回来建设自己的家乡。潘从明也是这样爱家乡的人。

笔者仔细打量着眼前的这位传奇人物，一瞬间想到了

“大国工匠年度人物”荣誉证书

他的绝技绝活：颜色判断法。于是笔者开门见山：“听说您仅凭液体颜色，就能判断产品纯度，并且准确率达到99.99%。您以肉眼颠覆了金川集团沿用38年的传统提炼工艺，这是真的吗？”

潘从明听后笑而不语。

颜色判断法

在实验室，潘从明拿起一个烧杯，观察一下溶液颜色，就能准确判断它的纯度，这大大简化了提纯工艺流程，并且准确率达到了99.99%。

发明颜色判断法，潘从明整整用了五年时间。这是一件轰动全国的事，在中央广播电视总台《新闻联播》的《大国工匠》栏目中播放过，向世界同行推广过。笔者很想了解这个过程：“您是怎么发明这个颜色判断法的？”

潘从明用不大的声音，很认真地回答了笔者的提问。原来，在1999年，他们班组生产了16个批次的钯，其中有9个批次不合格。一年损失的产品就近3000g，算起来价值高达几十万元。他内心受到很大的触动，感到非常难受，反思，原因很简单，就是自己还没有足够的技术力量让产品达到百分之百合格。只要产品不合格，此前的劳动就作废了，他们得重新投入繁重的生产当中，一遍又一遍地重复提取，他觉得自己对此要负很大责任。贵金属的提取，包括从废渣变成液体，再从液体变成金属；每一种贵金属的提取，都要经过原料准备、预处理、溶解、萃取等 20 道工序，有 200 多个技术控制指标，而每一道工序、每一个控制指标都会让液体产生红绿蓝等不同的颜色。潘从明在一年多跟班作业中，认为操作过程可以走捷径。为了验证这个判断，他天天观察，发现每批贵金属料液的颜色存在细微的变化，这说明物料中杂质的含量是不一样的。将其送去化验，得好几天才能出结果，周期特别长，他就想能不能通过颜色不同，来判断杂质含量的多少。他想试试看怎样才能减少精炼次数，缩短生产周期。他为此一直琢磨，却总是没有头绪。

那天下班回到家里，潘从明坐在沙发上，一动不动。媳妇姜小红过来问他："想什么呢？"他只是默默地挥挥手，示意她走开，别打乱自己的思路。姜小红就悄悄地走开了。过后，潘从明对她解释道："没啥，我们遇到了难题，16 个批次，9 个不合格，这样下去可不行，浪费多少工友的劳动呀，我在想办法解决呢。可是，现在想破脑袋也没有想出来。只要想出来好的办法，我会立刻到单位上做实验，争取早日破解难题。”

从那之后，潘从明坚持每天晚上下班的时候，总结当天料液的颜色变化。他要从细微的色差变化中寻找不同。

一年过去了，还是没有新的突破。女儿娜娜的一张涂鸦，带着斑斓色彩飘过他的眼前，给了他启发——那多像烧杯里的色彩：酒红色、深红色、粉红色、绿色、蓝色，

潘从明（左二）在传授颜色判断法

它们像蝴蝶一样在脑海里翩翩起舞。一瞬间，潘从明突发奇想：能不能把颜色先画出来制作成比色卡？

这个念头一出，潘从明突然就看到女儿的多色彩笔在那里。于是他弯腰拿起彩笔盒，端详着，发现这是多么好的工具，他当即就拿了一张纸用彩笔来试着画，对应着物料的颜色，一笔一笔地画起来。可是画来画去大半年过去了，大部分颜色还是对不上。他因此把家里弄得满地都是颜料。

妻子姜小红是爱干净的人。一天，她一边整理卫生一边抱怨他："你这里画那里画的，像个刚学会涂鸦的孩子，都把女儿的房间弄脏了。"女儿跑过来，嘟着小嘴嫌他把自己的彩笔用光了。妻子开玩笑说："你快把铺盖拿到单位上去吧，不要成天把家里弄得乌烟瘴气。"对此，潘从明只是呵呵一笑，这些没有动摇他继续探索的决心。他还是坚持下班后总结颜色的变化，一天也不放弃思考。

到了第三年，潘从明慢慢感觉到画出的颜色和溶液变化的颜色对上了，这让他感到异常兴奋，他立刻和工友们分享这个实验结果。工友们聚集在他的实验室，聚精会神地听着他的分享：比如说，要通过溶液的颜色来判断杂质的含量，溶液中带有蓝色，说明含有铜杂质；溶液中带有红色，说明含有铁杂质；再根据杂质情况来进行精炼。通过精炼除杂后，铂的溶液由高含杂的红褐色，变为深红色。铑的溶液由高铑铱互含的暗红色，通过不断分离铱后，得到了粉红色的纯净铑溶液。

“颜色判断法”很快推广开来，效果立竿见影，精炼的次数由原来的六到七次，缩短至两到三次。成本立马降低了，效益提高了，在失败、希望、再失败到成功的路上，一套稳定可靠、经济环保的新型贵金属提取工艺诞生了，精炼提取的次数大幅缩短。潘从明用肉眼颠覆了沿用38年的传统工艺，这是多么了不起呀！工友们都向他投去赞许的目光，纷纷伸出大拇指。潘从明的创新理念和坚持不懈的努力，让他尝到了成功的喜悦。

铁饭盒事件

铁饭盒事件，是潘从明另一个具有传奇色彩的故事。潘从明对此回忆道：“细节决定成败，贵金属提纯工作对于细节的要求之高、苛求之准，我这辈子都铭记于心。这迫使我在岗位上精益求精、一丝不苟。”

铂、钯精炼岗位，是99.99%纯度的海绵铂、海绵钯产品的产出岗位。根据生产要求，每生产一批次的产品，

潘从明团队成员合影

都要先取小样进行化验分析，合格后方可将产品入库；否则，只能根据分析结果进行返工，费时费力不说，每一次返工都会损失价值几十万元的贵金属。铂、钯精炼岗位，历来是把控产品质量的关键岗位，对操作的要求也格外高。为了确保产品质量稳定，潘从明任生产副班长，并根据惯例将当时班组生产经验最丰富、责任心最强的师傅们尽可能地安排在这两个岗位上。铂、钯产品质量也一如既往地稳定合格，似乎一切都相安无事，直至2001年秋天来临。

潘从明清楚地记得，2001年国庆节过后，一场秋雨带来了寒意，在略显寒冷的早上，从化验室返回的分析结果，使他倒吸了一口凉气：连续5个批次的海绵铂、海绵钯产品不合格，而且都是铁元素超标！他沮丧极了，赶忙起身跑到生产线上，叫齐铂、钯精炼岗位的师傅们，大家一起研究起来。大家连轴转了几个白天晚上，从生产记录到操作规程，再到现场环境卫生等，各种细枝末节的地方都被他们翻了个遍，并没有发现什么异常的地方。此时，产品不合格的问题，就好像一桩悬案，把束手无策的众人彻底难住。

这天中午，潘从明仍然坐在工作台上。他翻动着生产

潘从明受邀参加 2023 年“大国工匠年度人物”颁奖典礼

记录，脑海里依旧快速闪动着一项一项可能出错的技术点。“嗡——嗡——”窗外的大钟隐隐约约地响了起来。

“老潘，别愣着了，12 点了，吃饭了！”老工友李进武喊道。

“你们先吃，我等会儿。”潘从明心不在焉地回应道。这个时候，他是没什么心情吃饭的，要是能让 5 个批次、价值几千万元的产品质量合格从而赶紧入库，这比吃大餐还要让他高兴啊！

突然，耳边“叮叮当当”清脆的声音惊醒了潘从明，他抬头望去，开饭的工友们，勺子、饭盒碰撞的声音，伴随着香味向他飘来。一个个在阳光下闪亮的不锈钢饭盒，仿佛在提示他什么。这犹如一道闪电划过了潘从明的眼前，他大声喊道：“快，把饭盒从过滤槽边上挪开，铁超标可能就是因为它们！”刚才还沉浸在午饭欢乐中的工友们，被这声大喊惊到了，他们赶紧端起饭盒。

“对啊，不锈钢饭盒离过滤槽太近，过滤槽中蒸腾出的酸气，可能腐蚀饭盒而掉下铁屑。肉眼虽然看不见，但对于产品，这点铁屑就足够了。”工友们听完潘从明的解释，不约而同地行动起来，有人将饭盒收起来，有人打开蒸馏水阀，将过滤槽中的产品洗了又洗，生怕刚才几分钟的停留，会使眼前这批产品再次不合格。

自此之后，海绵铂、海绵钯产品再也没有出现过铁超标而导致产品不合格的情况。铁饭盒事件成为贵金属操作精益求精的经典案例。

第二章

他从『沙漠绿洲』民勤县走来

做一个对国家对社会有用的人

潘从明的家乡民勤县，处于巴丹吉林沙漠和腾格里沙漠夹缝处，被称为“沙漠绿洲”，它在石羊河的下游，据说这里的人坚韧好胜，像沙漠中的梭梭一样，顽强生长，生机盎然，永不服输。

一方水土养一方人，为了深入了解潘从明的成长经历，笔者执意要到这块热土上看看。不料，这遭到了潘从明的强烈反对：“有什么好看的？我的哥哥潘明辉、姐姐潘莉青和弟弟潘从英都在城市里工作生活，我的母亲也和我们住在金昌市，老家很多年没住人了，前段时间中央广播电视总台来拍摄，我都没有让他们去。”

但潘从明最终还是同意了。第二天一大早，一辆黑色的汽车停在金川宾馆门前。潘从明从上面下来，一位高大壮实的小伙子从司机的位置上下来。潘从明介绍道：“周老师，这是我的徒弟，一个跟着我多年的研究生。得知您想看看我出生的村子，他就休班送我们去。”

车子行驶在宽阔的马路上，到处是昏天黑地的黄颜色，几个大棚也拆了顶部，戈壁滩中一丛丛的草也是枯黄的颜色。潘从明试探着问道：“我们这里太荒凉了吧？没有什么好看的。”

“大漠孤烟直，在我眼中到处是黄金的颜色。河西走廊矿产资源丰富，过去有玉门石油、九条岭煤矿、金昌镍矿及镜铁山铁矿等多处大型矿点，金属、非金属矿产资源储量十分丰富。所以，在我眼中，这是黄金的颜色。”

的确，大西北到处都是宝，河西走廊是冶炼诞生地——早在4000年前，河西走廊就已经有了人类自主的冶炼活动，雷台汉墓中出土的铜车马阵列，是河西走廊冶金工艺的生动见证。

不知过了多久，终于有一条路通向大滩乡北中村，村子中间是一条3米宽的大街，柏油路，很平整，两边排列着民房、土墙。汽车停下来，有一位老人迎向我们，这是潘从明的堂哥，他手中拿着钥匙，平日里负责管理潘从明老家。

潘从明老家的大门，高大、壮阔，有木制的雕梁画栋。推开大门，里面四四方方的，有天井，两面有房屋，一面是高墙。敞开屋门，里面整齐地摆着家具，床头柜上还有书。看得出潘从明的家境算是殷实的。有后门通到外面，有庄稼地，有成堆的柴草。潘从明住过的那间房子，墙壁上有张贴的年画；房顶的糊纸一条条垂挂下来，显出一副多年无人居住的模样。这就是潘从明的出生地。

潘从明的妻子姜小红聊起过对潘从明老家的记忆。姜小红说，她第一次来这里时，婆婆在切菜，公公在灶台烧火。见未来的儿媳妇来了，老两口热情相迎。公公说：“我可能没有很多彩礼给你，可是我培养了一个好儿子给你。”姜小红后来一直记着公公说的这句话。她感受到了潘家温馨的氛围。女儿出生后，有一段时间，公公婆婆曾在老家照顾女儿。等到女儿一岁多，他们就把公公婆婆

潘从明（左）和父亲在一起合影留念

和女儿一块儿接到金昌城里居住了。

面对自己小时候住的老屋，潘从明打开了记忆的闸门。

1970年9月，一场风暴席卷而来，民勤县大滩乡北中村十社转眼就被淹没在昏黄之中，一声嘹亮的哭声从一间摇摇欲坠的土坯房传来。一个新生命诞生了。全家人满怀喜悦，灶间的火很旺，一盆水热气腾腾。

这是潘家第三个孩子，父亲潘竟河小心翼翼地把这个哭声嘹亮的小宝贝捧在手里，叹了口气，对妻子王玉英说：“这个小家伙，太瘦弱了，比小猫还小。可是，他的眼睛好细长，随我呢！看这黑眼珠，多明亮。”这小家伙用哭声宣告自己来到人间之后，便安静了，娇嫩的小脸上现出隐隐的笑意，一副乖宝宝的模样。夫妻俩端详着孩子的小脸，心底腾起无限的爱意。同时心中闪过一丝隐忧，他们家徒四壁，生活实在是太清苦了。然而，孩子就是希望，是他们对未来的全部寄托。

潘从明的父亲潘竟河，笔者称他潘爸爸。潘爸爸要给新出生的二儿子起名字，他身为教师，通晓古今，喜欢亮堂。亮就是明，一切都光亮，那是多么的美好；明，就是明明白白不糊涂，寓意多么深刻。于是他略加思考，就给孩子取名为潘从明，夫妻俩希望儿子前途光明，长大后能够飞出小山村。

潘爸爸是潘家的文化人，从幼年起就十分好学，虽忍饥受冻，但勤学不辍，十年寒窗，最终以优异成绩被分配到甘肃省科技局工作，端上了“铁饭碗”。他一边工作一边到科技大学数学系读夜大，被评为中国科学院兰州分院的红旗手。谁知两年后，正当他事业蒸蒸日上之时，却被

潘从明（左）儿时照片

精简下岗，回到村里。面对这不测风云，潘爸爸犹如当头一棒。莫大的打击、舆论的压力、生存的挑战，山一样压过来。潘爸爸没有倒下，没有颓废，他为了生计，四处奔波，走西安，闯新疆，忍受闲言碎语，凭着坚定的信念，挺过了一个又一个劫难。终于在 1962 年，潘爸爸迎来了命运的转机，到大滩乡北中小学任教。

学校教室十分简陋，没有课桌，也没有坐凳。潘爸爸自力更生，他做课桌，修坐凳，用土筑讲台。天寒地冻的冬天，没有柴火从家里拿，没有油灯自家里制。这样，上学的娃们日渐增多，潘爸爸的好口碑也逐渐传播开来。1963 年 10 月，甘肃省广播电台为此做了《勤俭办学在北中》的专题报道。为提高教学质量，潘爸爸广采博集，苦心孤诣，探索现代教学理论研究，先后发表论文十余篇。潘从明出生的时候，潘爸爸已经在三尺讲台上当了八年的小学教师。

潘从明从小对饥饿的记忆尤其强烈。据说他尚在襁褓，便觉饥火烧喉，拼力吮吸，却只榨得母亲干涩的乳汁，咽喉仍无一滴甘露。他哭，呜呜咽咽地哭，一连几天都是这样，他的哭声因此变得嘶哑而微弱。

挨过了几年挨饿受冻的日子，生活渐渐好了起来。潘爸爸放学后要到地里干农活，一年四季忙，永远干不完。但是，潘爸爸作息很有规律，每天晚上潘爸爸拾掇一番之后，都会在桌前坐下来看书。那时候，潘从明模仿着母亲的样子，恭恭敬敬地端着一碗水放到父亲面前，然后站在父亲的膝前，看着父亲看书。潘爸爸间或摸一下他的头。潘爸爸嗜书如命，手不释卷，那些经典名著，如《红楼

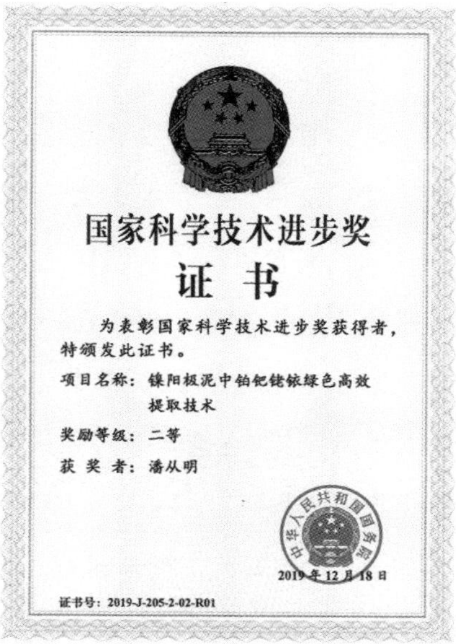
国家科学技术进步奖
证书
为表彰国家科学技术进步奖获得者，特颁发此证书。
项目名称：镍阳极泥中铂钯铑铱绿色高效提取技术
奖励等级：二等
获奖者：潘从明
中华人民共和国国务院
2019年12月18日
证书号：2019-J-205-2-02-R01

潘从明的国家科学技术进步奖二等奖证书

梦》《山海经》等，看得津津有味，而且特别爱钻研文言文和中医理论。

生活中，潘爸爸还是一名好中医，自家人头疼脑热的病，只要他开个小方，就药到病除。不仅如此，父亲还热心地为左邻右舍的人看病，或咨询或开方，有求必应，分文不取。有一次，潘爸爸正在灯下苦读，潘从明的奶奶和母亲在一旁做着针线活儿，哥哥和姐姐都睡了，潘从明翻着那一本线装书，繁体字，他一个都不认识，但就是愿意看，就是喜欢那种油墨香。这时家里闯进一个人来，捂着肚子，“哎哟哎哟”地不停叫唤。那人是沾亲带故的邻居，北中村十社是潘姓家族，往前回溯就是一个爹妈。潘爸爸察言观色，为其把脉后，温和地说：“没事。”紧接着在那人身上按揉，疏通经脉，那人大汗淋漓，但不喊疼了，一会儿他就气色如常了。潘从明愣愣地看着，心里想着：父亲真神呀！如神医再世。那人连声道谢，然后辞别。待门关上之后，潘爸爸返身回到桌前坐下，潘从明指着书本，急切地对父亲说：“爸爸，你看到这里了。”

奶奶和母亲都笑了，潘爸爸也哈哈大笑起来，对潘从明说：“明儿是个好孩子，将来像我一样，做教师或者行医，术业有专攻嘛，把一件事情做好做精，就很了不起了！”

那一年，潘从明三岁多，他常常看到父亲的忙碌和付出，虽然他还不能完全理解，但已经在心里埋下了向父亲学习的种子——长大后要像父亲一样，做一个对国家对社会有用的人。

只要肯下功夫，就会成功

潘从明很小的时候就懂得了责任。但童年的他是一个行胜于言的孩子，想要什么，想做什么，他都用行动表现出来。

小时候潘从明虽然文静，却闲不住。他看奶奶抹桌子、扫地，也照着样子干，竟然比奶奶做得还要好。他还帮母亲烧火、做饭。有一次看到母亲和面，他突发奇想，找了一个盆，挖土放进盆里，倒水，然后蹲在盆前，不停地搅拌尝试，见水多了，就加点土，见硬了，就又加些水，不厌其烦，终于和成了一个泥团。旁边的姐姐看着有趣，也加入进来。姐弟两人把泥团捏成一个个小泥团，然后搓成一条一条的，像面条那样。潘从明感到有无限的乐趣，孜孜不倦地做着。夏天阳光明媚的时候，他一做就是一整天，做出来的泥面条特别光滑。再后来，他看屋里墙上有裂缝，就用泥面条糊上，挡住寒冬呼啸乱钻的风，因此被

潘从明获全国劳动模范称号

父亲和母亲夸奖。

羊圈里的羊和猪圈里的猪，潘从明对待它们像宠物一样。听到羊咩咩的叫声和猪的哼哼声，他就立即跑过去看。他特别喜欢喂羊喂猪，看猪拱土，觉得其乐无穷。家里养了十几只羊、五头猪，后来又养驴养牛。要喂养好这些家畜，其中大有学问。父亲侍弄的时候，潘从明就站在旁边看，有时一站就是几个小时，特别用心地观察，慢慢就知道了这些家畜的习性。那时候，潘从明还不到六岁，但他知道羊和牛是反刍动物，适合在野外放牧饲养。羊爱吃草尖，晚上喜欢睡在高一点的地方。较之沙漠地区，羊更喜欢生活在山地和丘陵地带。牛喜欢吃青草，也吃一些绿色植物如玉米、水稻等。猪特别喜爱甜食，灰菜、鸡爪子菜、车轱辘菜、猪芽菜、土豆等都可以做猪的饲料。驴是食草型单胃动物，它不能进行反刍，常吃稻谷秸秆、大豆秸秆、玉米秸秆等，其饲料必须符合干、硬、脆的特点，不能吃过软的草料。

拔草要去腾格里沙漠，路远，又不好走，赶上沙尘天气，更是苦不堪言。潘从明对父亲一再说他也要去拔草，但父亲认为他年纪小，一直都没同意。潘从明又央求哥哥姐姐带上他，两人也不答应，嫌他小，恐为累赘。潘从明只得悄悄地跟在他们后面，路途确实远，但他经受住了考验，挺了下来，而且像是有天赋似的，他一看就会，很快就掌握了拔草的技巧，他努力地干，着实地干，不怕苦，不怕累，草拔得比哥哥姐姐都多。父母见他背着那么大一捆草回来，心里既心疼又高兴，自豪之情溢于言表。童年的潘从明，表现出了爱劳动、会劳动的特质。

后来潘从明上学了，每天放学之后，他总是以最快的速度跑回家，从不在外面逗留，回到家，他就喂驴喂羊，然后牵着它们到几公里外的地方饮水。他养的驴膘肥体壮，他喂的羊很肥硕。这些家畜就是他儿时的伙伴，他爱它们。它们养肥了，自然要被宰杀，他都拦着不让，常常为此伤心哭泣。

从有记忆起，潘从明就去捡麦穗，也总是他拾得最多，兄弟姐妹和小伙伴对此都很羡慕。但其实也没有什么特别的诀窍，就是肯干，在其他人悠悠闲闲或者去休息的时候，他却争分夺秒地干。

在那个机械化程度极低的年代，向土地刨食，付出的代价是巨大的，尤其在那块贫穷落后、干旱缺水的土地上，其艰辛程度可想而知。翻土，种麦子、向日葵和亚麻，然后浇水、除草到成熟时的收割、打场，再浇冬水。

还有就是像小山一样高的草垛要铡碎。每一件事，潘从明都认认真真地对待，不断地琢磨、摸索，反复练习，直到驾轻就熟，而且他舍得下力气，表现吃苦耐劳的韧劲儿，这些也磨炼了他的意志。他由此得出的结论是：只要肯下功夫，就会成功。

做事不能轻易放弃

风嗖嗖地刮来，卷起了黄沙和尘土，在空中打着旋儿，呼啸而去，又呼啸而来。周遭昏天暗地。这在大滩乡北中村司空见惯，有时遇上荒年，颗粒无收。就是在这样的环境中，人还得要活下去。

一场大风过后，潘从明觉得自己的眼睛里、耳朵里和嘴里都是沙尘，家人也都灰扑扑的。小米粥、玉米粥和玉米糁子都吃完了，一家人喝了几天面糊糊清汤就断顿了，个个面黄肌瘦。

屋漏偏逢连阴雨，奶奶卧在床上，好久都没有声息了，这时她抖抖索索地挣扎起来，声音微弱地说：“明，你和哥哥都过来。”

听到呼唤，两个孩子走过去。奶奶说：“娃，风不刮了，你们去大姑奶家讨点吃的吧。”

“我不去。”哥哥倔强地说。

潘从明不吭声。奶奶把他拉到跟前，说：“我的闷葫芦娃呀，那你去吧。”

潘从明捏着衣角，紧抿着小嘴，转身就往外走，就在他要走出家门的时候，哥哥大步跟了上去。被大风扫刮过的村子，像是经历了一场劫难，更加凋敝，也十分空寂，两个孩子的脚步声异常清晰。大姑奶家离得并不远，不一会儿就到了。到了门口，哥哥往旁边让了让，没有说话。潘从明也没说话，但他明白哥哥的意思。他轻轻叩门。大姑奶出来开门。大姑奶只是对着他们摇摇头，样子显得很无奈。

哥哥拉着潘从明对着大姑奶鞠了一个躬，然后转身就跑。跑了几步，就到了巷子外面。潘从明站着不走了，小声对哥哥说：“去二姑奶家，再饿下去，家里人会没命的。”即便是讨饭，潘从明也力争达到目的，他不轻易向命运低头。

“我在这儿等你。”哥哥说。

潘从明就独自向前走去，也就走了一百来米，他敲响了二姑奶家的门。二姑奶看着他，不由得喟叹：“可怜的娃呀，进来呀。”

2012 年，潘从明（左三）与哥哥、小弟及姐姐合影

潘从明站着不动，二姑奶进到屋里，一会儿捧了几个土豆和半碗小米出来。潘从明喜不自禁，连说几声谢谢，就疾步向哥哥走去。靠着这几个土豆和那半碗小米，潘从明一家人硬是熬过了这次饥荒，顽强地活了下来。潘从明在那么小的年纪就悟出了一个道理：做事不能轻易放弃。

对于沙漠中的小村，防风固沙是一种经久不息的生态建设活动，方法就是设置沙障、播种沙生植物和建立防护林带。某一天，村里大多数人都在村头种植沙柳。潘从明扶着小树苗，潘爸爸培土，其他人有的挖土，有的扛树苗，还有的丈量，各显其能。烈日当空，潘爸爸已经大汗淋漓，潘从明的小脸也汗津津的，但他满不在乎，劳作的时候，他什么都顾不得，而是全身心地投入。

第二章 沙漠上空翱翔的雄鹰

上学总争第一

笔者跟着潘从明来到了村头的北中小学旧址，这里很干净，有三排房子。村里的娃娃们都进城上学了，这里已成了村委办公的地方。在这里守门的张希文老人和一位村医都对潘从明和他的父亲印象深刻。

按当地的习俗，孩子要到八九岁才可以入学。潘从明等呀盼呀，终于等到了上学的年龄。他很兴奋，更加愉悦地喂羊喂猪。潘爸爸也视潘从明入学为隆重的事，他卖了一只羊，然后穿过沙漠去镇上买回来几尺棉布，还买了白球鞋和袜子，给潘从明做了一套新衣服。开学那一天，是一个少有的晴好天气，院子里小鸟在树枝上飞来飞去，啁啾地鸣叫，鸡狗追逐，小羊“咩咩”地叫，像在唱歌。墙角的小草碧绿，还有金灿灿的小菊花，一派明朗的景象。

潘从明穿戴一新，迅速吃完了早饭。这时，潘爸爸语重心长地对他说：“上学了，就和在家里不一样了，要好好学习，上课认真听老师讲，不懂就问，友爱团结同学，不要打架，更不许斗殴。”

潘从明水汪汪的眼睛格外明亮，他记住了父亲的话。奶奶和母亲也忍不住地叮咛。潘从明的声音那么稚嫩：“我一定好好学习，将来成为城里人，去城里当教师，让全家都过上好生活。”

从此，那条通向学校的田间小道上，总有潘从明兴高采烈的身影。他特别喜欢上学，也特别喜欢自己的学校。他是一个爱学习的孩子，并且表现出会学习的天赋，大考小考都是满分，稳居全年级第一，担任学习委员和课代表。

由于成绩优异，老师们都很喜欢潘从明。在小学一年级的下学期，潘从明就被批准加入少先队员，在同学中第一个入队，戴上了红领巾。

每年的“六一”国际儿童节活动是孩子们的盛会，备受老师、家长的瞩目。因为全乡十所小学都来参加。那年，已经是中队长的潘从明高举旗子走在前面，后面的学生列着方队。他迈着昂扬的步伐、挺着胸膛，在军乐声中行进。那些投来的目光是羡慕、赞许，也是无声的鞭策，激励他永远向前，不敢有丝毫的懈怠。

潘从明上进心强，早上总是第一个来到教室，太阳刚刚升起，教室里光彩熠熠，也十分静谧。他把作业本拿出来，在讲台角上放好，这是要交给老师的。他每天按时完成作业，从不拖拉。随后他拿出语文课本，开始早读，朗朗有声。

五年后，潘从明走进了大滩中学的校门。学校里有多排大蓝砖房子，院落四周种植着高大的杨树。潘爸爸也被调到这里任教。

决定成功的因素有很多：环境、机遇、天赋、才华，等等。竞逐的资本也不一样，有的人拼聪慧，有的人拼身体，还有的人拼资源。可是潘从明不愿意多想。他回到教室，教室里只有沙沙的走笔声，同学们都在努力。潘从明

青年时期的潘从明

在座位上坐下，反复地看书，一遍一遍地做题，全神贯注，一丝不苟，天天如此。有志者事竟成。在竞赛中，他经常包揽数学、物理和化学第一名，被评为三好学生。

初三的时候，潘爸爸成了潘从明的班主任，他暗暗高兴，因为父亲教学有方，他带的班级语文成绩总是名列前茅，升学率在学校里也一直是最高的。能够得到父亲的亲授，那是多么幸运的事。然而，潘从明第一天就受到了冷遇，同学们都不跟他讲话，也不跟他玩耍，无论是去操场、去食堂，还是去寝室，他都是一个人，之所以被排挤，就是因为他是老师的孩子。

班上的情形也比较复杂，虽然有五十多个学生，但复读生就有四十多个，应届生寥寥可数，不到十人。大浪淘沙，潘从明的好多同学半途而废，在初二的时候纷纷辍学，他为此替他们叹息。复读生压力更大，功名心也更强，更怕被同学超过，从而不自觉地产生一种防范心理。他们对潘从明就是这种心理。这是一种不良的心理。在这种情况下，潘从明变得更自律，他不能给父亲丢脸。儿子的境况，潘爸爸感同身受，他也因为太优秀，一直被同事们冷嘲热讽，但越是这样，越要做好。

学校食堂分教师灶和学生灶。教师饭菜质量好一点，经常有肉。吃饭的时候，潘从明打好饭菜端到父亲的办公室。他喜欢和父亲一起吃饭。潘爸爸总是和儿子交换着吃。

有一次，由于老师拖堂，到吃饭的时候潘从明还没有下课。潘爸爸打来饭菜，久久不见儿子过来，他等呀等，就是舍不得吃，因为这天的肉比平时多，他要留给儿子。这时一个同事来找他，他就出去了，回来的时候，发现饭盆空空的，竟然被人偷吃了。为此，潘从明的母亲几次三番怨说潘爸爸“愚”。然而，父亲的这种“愚”，却让潘从明感到无限的温暖，因而他能坦然面对同学们的排挤，并且自我欣赏、自我接纳，充满自信。

踏进民勤一中的大门

改革之风吹拂江南之时，潘从明生活的西北大地也实行了土地包干。南下的打工潮，让许多农民见证了城市的繁华和便利，大滩乡的人们也蠢蠢欲动，老人的梦想已经干枯，拖家带口的中年人只能望洋兴叹，但孩子尤其是莘莘学子是早晨八九点的太阳，如果只在沙漠照耀，仅有的植物也有可能枯死。他们内心有一个朴素的观念——孩子们读书就是为了离开这片沙漠，他们相信城市的机会俯拾

潘从明（后排左二）的全家福

皆是，城市能让他们吃得好、穿得好。

20 世纪 80 年代初期，大学录取率只有百分之一，通向大学的是一条独木桥，千万学子蜂拥而上，其难度可想而知。而考中专，相对来说就容易多了，却同样可以实现成为城里人的梦想。潘从明的哥哥就是初中毕业考上武威师范，毕业后去了金昌市，成了城里人，而且还像父亲那样成了一名教师。哥哥当时拥有的一切，正是潘从明梦寐以求的。但潘爸爸自己教书育人一辈子，殷切地期望家里出大学生，二儿子潘从明爱学习，上进心又强，无疑是有希望上大学的，只是他怕给潘从明压力，因此保持缄默。

潘从明经过激烈的思想斗争之后，觉得自己如果违背初衷，可能抱憾终生。他不想抱憾，更不想输在人生的起点。于是他毅然决然地参加了中考，并且以优异的成绩考进民勤一中。

从大滩乡回来，笔者又专门去了他的母校民勤一中。高大的校门，阔大的校园，红旗招展，标语鼓舞人心，树木草坪一派生机，成排的竞赛展览板在广场上站立，四周是高大的办公楼和教学楼，很有气势。大门口站着正在视察校园卫生的几位男老师，他们是民勤一中的领导，其中一位一眼就认出了潘从明，过来和他握手。潘从明这位荣誉加身的大国工匠，到民勤一中做过多次讲座。

民勤一中就像一个角逐场，其校风就是积极向上。潘从明在校学习期间，三天一小考，五天一大考。名列前茅的同学意气风发，成绩垫底的同学在片刻的丧气之后，又紧着磨刀，竞争白热化。潘从明的成绩有起有落，但得第一名的次数越来越少，他有几分沮丧。他想做永远的第一名，为此吃饭、睡觉，他都计算好时间。

食堂在饭点的时候特别拥挤，因为全校师生有一千多名，吃饭得排队，排很长的队，他觉得浪费时间，而他的时间是宝贵的。而去得晚了，排在最后，又有可能吃不上饭。而吃不上饭，肚子饿得咕咕叫，学习效率就低。民勤的冬天奇冷，北风刮得呼呼的，滴水成冰，潘从明和大部分同学一样手脚被冻坏了，皴裂，渗出血来，很疼，甚至握不住笔。但在那样的艰苦环境中，几乎没有一个同学放弃学习。

一天中最高兴的时候，是晚上 11 点左右。大家纷纷从座位上站起来，把书本放进课桌，但也有个别同学会在怀里揣一本课本，潘从明就在这个别之列。因为城里的学生家庭条件好，又好学，竞争更加激烈。每个宿舍住了三十多人，都是同班同学。他们班九十多个学生，分住在三个宿舍里。

熄灯之前，是全天最热闹的时刻：聊天，吹牛，讲笑话。越是特别用功的学生，越表现得张扬。这一方面当然是放松，另一方面却是在打烟幕弹。会讲幽默话，被认为是聪明的象征。明明就是书虫，可又不想被人认为是书虫。也有的人抢着扫地，因为简单的劳动有一种简单的快乐。这时候，潘从明就会看着那个扫地的同学出神。如果他扫地，他会成千上万遍地扫，直到纤尘不染。

更多的时候潘从明的脑子里全是X和Y，全是语文课本上那些文言文，他的语文成绩一直不理想，总是拖后腿。他的思绪永远围绕着课本。

那时的高中教育，归根结底就是题海战术。潘从明喜欢做题，每做一道题，他觉得自己离成功就近一点，他因此感到快乐。在做题的过程中，他巩固了知识点，拓宽了思维，而且题越做越快。而考试就是实力与速度的竞技。他一有时间就刷题，最终做题超过一万道，这是破天荒的事情。每天的早操时间，潘从明都选择留在教室里背英语和课文。初夏的下午，阳光如水，墙边的树木一派葱茏。风景十分宜人，空气也比教室要清新得多。潘从明大概想透透气。可是到了操场，他就一阵恶心，不由自主地想吐。他弯了腰，对着地上呕了几声，却是什么都没有吐出来。中午为了节省时间，他没有去吃食堂，只吃了一个同学给的馍馍。家近的同学会带些馍馍分给关系好的同学。他也意识到，这样挤时间对身体不利，可是他遏制不住对知识的渴求。

高考前夕，学校进行模拟考试，潘从明的成绩处于中上，他暗暗加劲儿，希望自己高考能发挥得更好。然而，命运却跟潘从明开起了玩笑，他竟然高考失利了。他不吃不喝，把自己关在屋里，避开所有的人黯然神伤。一路走来，他身经百战，这是毁灭性的失败。他怎么重生？又如何重生？

潘从明感到迷茫。他想，自己选择继续学习，最终也没能叩开大学的门。后悔吗？不，那些风华正茂的年华，他没有虚度，反复地学，不知疲倦地学，让他的基础知识是那么扎实，而且催化了质变，他因此特别会提炼会总结，还能极快地找出重点。他只是太不会考试了，到后来，他竟然畏惧考试。他突然想开了：总会有出路的，一定会有出路的。

潘从明拎着沉重的书包和行李回到大滩乡的时候，已经有一些释然了。家里的条件还是很差，只是在四周砌了围墙，权且挡风。那些熟悉的课本，他无比珍爱，他都摞在床边。

> 从明天起，做一个幸福的人
> 喂马，劈柴，周游世界
> 从明天起，关心粮食和蔬菜……

潘从明合上手中海子的诗集。

那一年，潘从明成了农民，做着一桩接一桩的农活。那个关于城市的梦，像一个彩色的肥皂泡，眼看着就要碎了的时候，他接到哥哥潘明辉的来信，信里说金川技工学校面向社会招生。金川是大型国企，是特大型采、选、冶、化、深加工联合企业。潘从明顿时热血沸腾，立即奔赴金昌市，并以第一名的优异成绩成为金川技工学校的学生。

进入起飞之地

那一年的金秋十月，龙首山遍地金黄，哗啦啦的金川河日夜流淌。潘从明愉快地走进了金川技工学校。

金川技工学校成立于1973年，是国家高技能（机电项目）培训基地和甘肃省再就业培训基地，师资力量强大。校园操场辽阔，树木葱郁，它和金川集团几乎融为一体。学校里有图书馆，潘从明想到将有这么多书供自己阅读，感到很幸福。他学的是铸造专业，铸造是现代化机械制造工业的基础工艺之一，于是在实习期间他被安排到机械厂，而且第一个活儿就是铸造零件，掌握机械加工工艺，熟悉、巩固铸造工艺及设备方面的知识及方法。

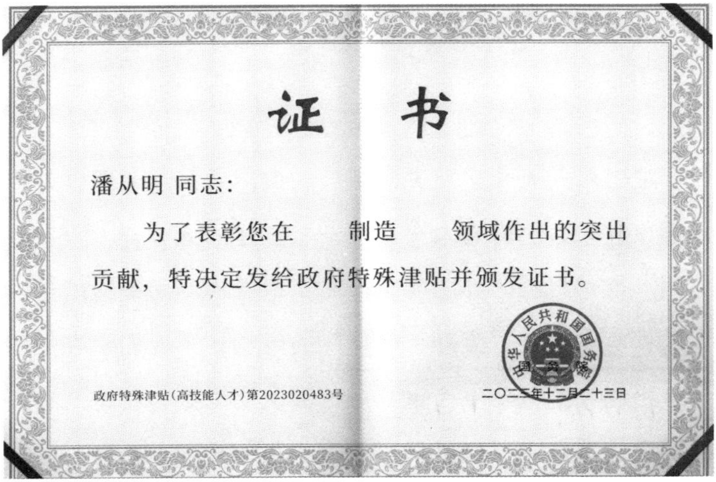

国务院政府特殊津贴证书

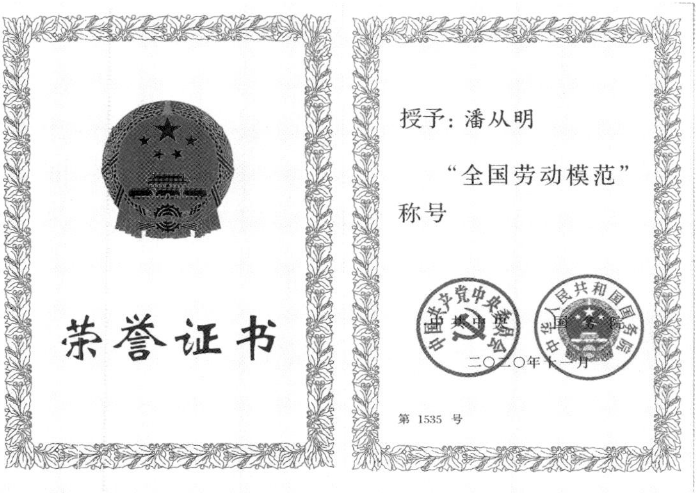

全国劳动模范荣誉证书

跟随着人流一起涌进机械厂的大门后，潘从明就好奇地观察起来，想看看未来自己即将工作的地方与学校有何不同。透过机械厂外围的玻璃墙，他看到厂房里边的运转车床，听到机器“轰隆、轰隆”的巨响；工人们正在忙碌着，机械厂的机器更大更壮观，潘从明也更为期待。除了熟知的铸造设备，机械厂里大大小小的螺丝刀、扳手、锉刀以及各式各样的螺丝垫片，也是一应俱全，潘从明立马

最美职工荣誉证书

被吸引了过去。为了掌握更多的技能，尽快地消除从学校到工厂的不适应感，潘从明紧紧跟在师父后边学习，很快他就将熔融金属浇注、压射等实际操作技能摸熟了。在完成铸造任务的同时，他又主动开始学习其他机械知识，尝试操作机床、电钻、老虎钳等机械设备，但刚刚开始使用的时候，还是有点不顺手。如何加工好一个零部件，也更让潘从明发愁，对刀、退刀、进给……功夫不负有心人。

潘从明越学越熟练，学完车床学铣床，他成了掌握机械厂工种最多的实习工。

第四章 新的起点

心灵的震撼

1996年，初出校园的潘从明，对金川是陌生的，对未来是迷茫的，直到他读到以下这段“金川往事”：

1958年，在甘肃省永昌县境内的戈壁滩上沉睡了亿万年的龙首山宝矿，被我国地质工作者的探矿锤唤醒、掀起了神秘面纱。第一代金川创业者怀揣着满腔热情，从全国各地涌向龙首山，在风吹石头跑的白家咀子上开拓了中国镍钴金属工业之路。当时口粮严重不足，在有可能被冻死、饿死的条件下，战严寒、斗风沙，背冰化雪充饥，刀劈斧凿采矿，甩掉了中国缺镍少钴的帽子，支撑起祖国的脊梁。1965 年，他们依托金川镍矿成功提炼出了第一批铂族金属，由此揭开了中国金川铂族金属工业的大幕，震惊了世界。一家外国报纸报道，“在中国的西北部，出现了一座铂族金属的简陋工棚！”金川的发展史，是一部科技进步史，也是一部金川精神传承史，更是一代代产业工人从前辈们手中接过沉甸甸的接力棒，一代又一代的金川儿女，初心不改，风雨兼程，始终秉承着“艰苦奋斗、追求卓越”的金川精神，怀揣产业报国的崇高理想。

彼时彼刻，荣誉感、使命感，夹杂着对工作的憧憬，填充了潘从明的大脑，深深震撼了一个农村青年的心灵。他隐约感觉到，一段新的征程即将在他的手中开启。

2020 年，金川集团热烈庆祝全国劳动模范潘从明载誉归来

潘从明在中国浦东干部学院学习

万事开头难

对年轻的潘从明来说，贵金属带给他的第一感觉，就是神秘感。除此之外，他还有一丝小小的优越感——毕竟，学生时代的他好学、向上、品学兼优，在尖子生云集的民勤一中一度也是名列前茅，想来自己拿下生产的工作任务，犹如探囊取物。

技校毕业走上工作岗位的第一天，老师傅对着潘从明这群“生瓜蛋子”侃侃而谈：“贵金属，除了我们常见的金、银，还有铂、钯、锇、铱、钌、铑等8种之多。钯在地壳中含量只有一亿分之一，而铑、钌、锇、铱在地壳中的含量更少，都不足十亿分之一，价格非常昂贵。铂族贵金属因其特有的导电、延展等性能，被称为‘工业维生素’，多用于导弹、卫星等产品的核心装置上，是稀有的战略性新型材料。它们之所以被称为贵金属，一是储量少，二是用处大，三是提取难。单单生产一种铑产品，工序就达40余道，包含200多个技术控制点。你们必须用心学，每一步都不能出错。”

“这么多的步骤，哪能记那么清楚？偶尔有错也正常嘛。”和潘从明一起刚刚参加工作的同事，撇着嘴、赔着笑说道。

老师傅眯了眯眼，以略带严肃的口吻说道：“错了会怎么样？你们要是了解贵金属为什么贵，就知道错不起了。五六十年代的时候，国家面临严重的粮食短缺问题，却不得不用73吨小麦、15吨对虾去国外换取贵金属。然而，这些以吨计算的物品，却仅能换回500克贵金属。我国贵金属储量仅占全球的0.39%，资源非常有限，你们错一点，贵金属就少一点，到时候导弹、卫星上不了天，军舰下不了海，看你们还敢出错？”这短短的几句话，犹如醍醐灌顶一般，将当时沉浸在参加工作欣喜中的潘从明彻底敲醒。他偷偷瞥了瞥老师傅手边厚厚的技术操作规程，心里暗暗感叹道：原来，这份工作比课本上的数理化还要难啊！

因为将近90%的贵金属是从矿渣里提纯出来的，所以贵金属回收提取的重要意义不言而喻。如果没有贵金属，从“天宫”到“蛟龙”，从“天眼”到大飞机，这些大国重器的研制就都无从谈起了。多年来，潘从明和他的团队，就在做着这样的工作——从堆积如山的矿渣中，提炼出藏身其中的铂族贵金属。

脱颖而出

到金川工作的第一天，潘从明被分配到了与自己专业毫不相干的蒸馏岗位。这是一个标准的湿法生产岗位，与潘从明所学的铸造专业相差十万八千里。对此，潘从明感到既无奈又兴奋——无奈的是，自己对于贵金属的冶炼一窍不通；兴奋的是，面对蒸馏过程的“瓶瓶罐罐”感觉更有新鲜感。

面对着工作台上的烧杯、坩埚和蒸馏反应容器等诸多的“瓶瓶罐罐”，以及那一道道复杂的化学方程式和相应的物料配比，潘从明也曾一筹莫展过。但生活的困窘让他几乎没有退路，只能咬牙坚持。毕竟，对他来说有一份正式的工作很不容易。

潘从明的师父有着从事贵金属蒸馏20余年的工作经验，刚开始工作的时候，潘从明觉得师父洗烧杯都能洗出花来，大大小小的烧杯，在他手中服服帖帖，一只手旋转烧杯，一只手打理上边的污渍。而潘从明却无从下手，他操作起来总是磕磕碰碰，一不小心还很容易将烧杯打碎。“啥也不会”，是潘从明内心里回荡最多的声音。不会咋办？唯有学习，有道是“书山有路勤为径”，勤学苦练，

潘从明在 2020 年度“最美职工”发布仪式现场

方能修成正果。而潘从明似乎也没啥特长，就是勤学、好学，十几年的苦学，收获的不只是知识，更是好学会学的精神和品质。

潘从明跟着自己的师父学习，每一个工作步骤和细节他都用心去记录，一点都不放过。起初他和大家一样都觉得很简单，他想着一周后自己就可以独立上岗了吧，可是越接触越觉得深奥。参加工作两周后，正好赶上师父公休，就他一个人负责蒸馏岗位。正儿八经一个人去干的时候，他才觉得真的不好干，既要观察试剂加入量，又要随时检测蒸馏情况，还要及时切换阀门，他为此忙得不可开交，不禁满头大汗。就在一天的工作快要结束的时候，他独自去为夜班准备化学试剂，对于一袋25kg的试剂，他想着怎么也能搬得动，便没放在心上，拎起来就走，结果一上楼梯，脚下一打滑，手中一紧张，松了开来——啪！手中的试剂掉了下去，正好砸在了脚上。

后来，潘从明回想起来还是有点后怕——幸亏是包装完好的袋装试剂，要是玻璃瓶装的强酸强碱性试剂，可能他的脚当时就被烧坏了。

一天下来，是辛苦的也是充实的，也更加坚定了潘从明要好好学习的决心，他也要像师父一样，把蒸馏的活儿干得从容又顺手。他沉下心来和自己较劲儿，干活更加小心仔细。自那时起，潘从明踏踏实实跟着师父学习蒸馏的点点滴滴。从技术条件到精细操作，贵金属冶炼的大门，也因为潘从明不断地突破自我，而向他缓缓打开。一年拿下蒸馏、九个月拿下铂精炼、六个月拿下钯精炼……很快，潘从明就从同一批进厂的年轻人里脱颖而出，成为一名合格的精炼工。

第五章 军功章有妻子的一半

走进婚姻的殿堂

经过不断地学习、磨炼，潘从明对岗位工作更加得心应手了。

实习期满，潘从明就担任了岗位长，成为班组最年轻的岗位长，负责岗位的具体工作。一开始并不顺利，工作中经常出现各种各样的难题，每次出现问题时，潘从明总是冲在最前面，因为他要在第一时间了解情况。人贵有志，学贵有恒。经过日复一日的勤学苦练，日积月累，潘从明不断成长，并被他所热爱的贵金属事业深深吸引着。快速的成长并未让他骄傲自满、故步自封，他依旧不断地追求进步，不断地提升自我，将岗位长干得有模有样。

成家立业，是大多数人成长过程中的必经之路。潘从明的家庭不富裕，他没有抱怨自己的条件，而是更加刻苦努力地为自己争取条件，参加工作后，也算是先立业了，等待他的是如何成家。当时他每月的工资仅 1000 元左右，成家面临着巨大的经济压力，为了弥补经济上的不足，他在工作之余发挥自己的特长，主动撰写新闻稿件挣取稿费，平常班上有活儿他就主动去干，争取获得班组的奖励，为了更好地生活，他更加刻苦努力地工作。当时单位已不再分房，只能自己购买，这是成家之路的一道大坎，对于刚刚参加工作而又在城市毫无根基的潘从明，根本是遥不可及的事情。偶然的机会，同事们告诉他矿山下边的小平房正对外出售。潘从明动了念头，想了想，住的地方还是要先解决，住在哪里无所谓，只要能遮风挡雨就行，因此他同工友借钱，加上自己平日里写新闻稿件攒下的部分资金，买了一套小平房，这就算是在金昌安了家，这也使他更安于自己的本职工作了。

夏日的阳光穿梭在绿树花草之间，洒下了希望和热情。这一天，在潘从明的人生道路上，因为一场朋友的聚会而不平常。他和几个工友赴约，发现来的客人中有附近学校的几位年轻女老师，其中一位女老师眉清目秀，留着齐耳短发，静静地坐在一边。她立刻吸引了潘从明的目光，她就是姜小红。文静而漂亮的姜小红就住在城里，她的妈妈和姐姐都是附近学校的老师。姜小红也注意到了人群中的

潘从明领取国家科学技术进步奖后回到金昌时留影

潘从明，看到他穿着白色的短袖衬衫，一副精明能干的样子，心生欢喜。潘从明与她交谈起来，发现他们之间有很多共同话题。

姜小红听说潘从明在技校上学期间，学习成绩常名列第一，工作后业务可棒了，大比武啥的，绝对是班组第一名……她从心底生出一股崇拜之情。有一次，潘从明约她去宿舍聊天。姜小红看到潘从明的宿舍里很整洁，人也长得白白净净的，两个人聊起来，很亲切。潘从明觉得姜小红是一名人民教师，教书育人，非常出色。两个人很快互生爱慕之情，迅速升温，修成正果自然是水到渠成，1997 年 10 月 1 日，他们携手走上了红地毯，走进了婚姻的殿堂。婚后，姜小红主内，支持丈夫潘从明在外打拼工作，他们共同努力，将日子过得红红火火。

军功章有她的一半

潘从明是一个事业心极强的人，这是成功人士必备的条件。他坦言，自己的军功章有贤妻姜小红的一半。

在潘从明的字典里，工作是快乐的。只要睡眠足够，他就想着去厂里上班，到办公室做实验。对他来说，上班是快乐的，周末去上班是再正常不过的事了。他心里知

潘从明与妻子姜小红的结婚照

道，妻子就是他的后盾。女儿上托儿所的时候，他就已经和妻子约定好，孩子上高中前，由妻子姜小红负责，因为姜小红是老师，在金昌市第八小学教书，相信她教子有方。

潘从明偶尔会接送孩子上幼儿园，但若孩子不听话，他扭头就走。其实，他没有真走，而是观察孩子的反应，孩子因此不敢拖拉了，他也不会因接送孩子而耽误上班时间。

潘从明每天睁开眼睛的第一件事就是去工作。他也不是没有内疚，女儿高考后报志愿的时候，他正在做实验，没顾上帮她参谋如何报考理想的高校，以至于浪费了高分。女儿娜娜非常优秀，在高中阶段成绩非常好，最后考上了广东一所大学，毕业后又到陕西杨凌读研究生，现在正要参加工作。潘从明每当回顾女儿的求学生涯，就觉得自己对女儿实在不够关心，因为他把精力都用在科研上了。长大后的女儿是理解的，他们家的微信群名是“相亲相爱一家人”。最近，潘从明带领他的团队成员王得瑜、杨丽虹、李进武、杨晓真、张云菲，开发的项目“从铂精矿中高效提纯金铂钯的新工艺研究与应用”获得金川集团股份有限公司2024年度职工技术创新成果一等奖；带领王得瑜、高向乾、李进武、杨晓真、方潇，研究的“高品位外购粗铂物料高效溶解净化工艺的优化与创新”项目则获得三等奖。潘从明将获奖消息发到群里，女儿第一个点赞，为爸爸取得的成绩欢呼。

在潘从明的心里，工作是快乐的，做实验、写论文也是快乐的，不分周末和节假日。到现在，他也没有学会打麻将、下棋、唱歌或者跳舞。他不逛公园，不看球赛。他甚至没学会开汽车，因为学车要花很多时间。他觉得，时间只有花在科研上，才是正确的。宝剑锋从磨砺出，梅花香自苦寒来。正因为他的自我付出和自我牺牲，才让他有了骄人的成绩。

潘从明很上进，每年都有科研成果产生，获得各种奖项。他有勇气，不服输，刚刚结婚的时候，还有贷款要还，却敢于自己掏钱做实验。他心里不知道这个实验能不

潘从明与妻子、女儿合影

能成功，怕浪费单位的资金，于是自己悄悄买来材料，在自己家的小房间里，偷偷地做实验。

潘从明勤学好问，他总是跟在师父的身后不停地提问题。2004 年到 2007 年，培训中心举办培训班，邀请外地大学教授来上课，生产中自己的师父解答不了的难题，潘从明就向大学教授请教，收获很大。

执子之手，与子偕老。潘从明和贤内助姜小红婚后各人在自己的领域里默默践行着诺言。姜小红不仅要上班，还要处理家中的日常琐事，给生病的公婆陪床，照顾自己的父母，同时还肩负着教育女儿的重任，但姜小红从来没有怨言。她自己能做的事，都是自己来做。她还时常记着丈夫的好。

有道是“好女人，福三代”。选对妻子，对家庭和个人而言，都是最好的风水。一个充满爱、智慧和温暖的妻子，如同家中的定海神针，让家庭关系稳固和谐，婚姻生活幸福美满。贤妻能够操持家务、教育子女、孝敬公婆、为丈夫分忧解难，还能在事业上助丈夫一臂之力。

结婚当年，潘从明就拿到了荣誉证书。1998 年和 1999 年，他又连续两年拿到荣誉证书。很快，他们的女儿娜娜降生了。初为人父的潘从明对女儿呵护有加，几号是女儿打疫苗的时间，他记得很清楚。有一次，他回家把女儿用小被子包起来，抱在怀里，对姜小红说："你在家，我和孩子去打疫苗。"这让姜小红感到很温暖，她至今也忘不了这温馨的瞬间，夫妻之间的感情与日俱增。

女儿在姜小红的照顾下，学习成绩一直很好。姜小红对婆家很关爱，公公住院动手术，她从定亲的 8000 元里

潘从明与妻子、女儿合影

拿出 3000 元给公公做医药费。公公很感动，之后，公公又给了他们 5000 元。

在姜小红的眼中，丈夫潘从明是个做事特别认真的人。潘从明认为一个人一辈子只能干好一件事，乐趣在工作中。忙起来，他一天只吃一碗面，伴着茄子、辣椒、西红柿。他对衣服没有很高的要求，一件衣服可以穿十年，若给他买新衣服，一定会被骂。脚上的鞋子穿了七年，姜小红让他扔掉，他说：“还好呢，还能穿。”他不看重物质享受。

潘从明和妻子、女儿合影

夫妻之间更需要的是关心和信任。姜小红觉得丈夫两个地方做得特别好：一是很少花钱，除了买日用品，几乎不花钱；二是不跟除妻子以外的任何异性走得近。有人同姜小红开玩笑："你家老潘这么优秀，小心被别人拐跑了。"她只是笑笑，说："夫妻之间最重要的是信任，互相不信任就没意思了，他给了我足够的安全感，我不会怀疑他的。"

妻子的信任和理解，给了潘从明力量。有一次，兰州大学的黄教授带着研究生和潘从明他们合作了一个项目。有个技术问题，从理论上说得通，在实践中过不去。潘从明便反复做实验。姜小红看到丈夫红红的手掌问他："手掌怎么啦？"潘从明这才发觉手上都是试剂。项目验收需要答辩，潘从明写出论文来，读给妻子听；若妻子听不懂就改；再读一读，听着不顺，也改。第一次答辩，他失败了。那天半夜 3 点多，他给妻子打电话，说自己睡不着。姜小红明白是怎么一回事了，于是放下手头的事情，立刻赶到兰州去，啥事也不做，就陪着他。潘从明原来睡眠不好，容易焦虑。姜小红去了后，潘从明心里踏实多了，一晚上睡得很好，最终答辩成功通过了。

金川精神的传承者

从选择踏入金川技工学校开始，潘从明知道得最多的就是关于金川人艰苦奋斗、热血创业的事情。久而久之，他就将金川人艰苦奋斗的创业史了然于心，每当他工作遇到困境时，金川精神就像海塔明灯一样为他指明方向。

走上工作岗位后，单位的老师傅们都是潘从明学习的榜样。虽然比不上之前的大会战，但当时的工作时间紧、任务重，有时候连着几天几夜赶产量，一刻也不能多休息，老师傅们没有一个掉队的，干起活来儿一个比一个劲头足，卖力、肯干、细致，潘从明把这一切看在眼里，装在心里。

正是在老师傅们的影响下，潘从明越来越优秀。他曾回忆说：“如今条件比当年好太多了，更应当珍惜这么好的条件和机会，刻苦钻研，努力工作。”正是出于对金川精神的敬畏以及对师傅们敬业的佩服，此后的工作中，潘从明总是提前到班上来，就连周末休息的时候，他也要到班上转一转，这样才觉得踏实。有一回他刚回家，饭还没吃两口，放下碗扭头就跑，这让家里人不知所措。原来是他吃饭的时候还在回想当天的工作，突然不确定自己关没关阀门。当他上气不接下气地跑到班上，看到横平竖直的阀门时，一颗悬着的心才放了下来。正是这种高度负责的工作态度，才使他在工作之路上行稳致远。一直以来，潘从明都是金川精神的践行者、引领者，他将自己的青春年华混杂着汗水挥洒在贵金属生产一线。

第六章 自学成才，终成大器

求知路灯下

古代有匡衡凿壁偷光、车胤囊萤夜读，如今有金川的潘从明路灯下读书。

刚参加工作的潘从明，面对贵金属蒸馏的湿法冶金工作，深知要想进步，就必须先补充自己的化学知识。

而这也意味着，潘从明必须依托自己初中接触的那点化学知识，向高中、大学等深奥的化学书籍发起阅读挑战，慢慢咀嚼其中的枯燥乏味。为了充实提升自己，使自己的工作干得更好更出色，他先是找来高中化学课本学习，高中的化学知识学完了，大学的课本借不到，他就自己买。

学习过程中，还是有好多知识点记不住。潘从明是一个执着的人，干一件事注定要做到极致。在金川技工学校的时候，他要读书，可是宿舍里已经熄灯了，他就打着手电筒，蒙着头，在被窝里读书。后来，参加工作了，有些化学知识记不住，他就开始大声朗读，读完了再细细体会其中的意思，在家里读比较吵，不仅会打扰到备课的妻子，还会影响到楼上楼下的邻居。有一天，他忽然发现小区外面的路灯下，有一个和爷爷一块卖西瓜的小学生在做作业。潘从明想：我也可以在路灯下读书。于是，他拿着书来到小区路灯下。刚开始，他确实还有点不太好意思，看到熟悉的人过来还要躲一躲，后来慢慢地被大家发现了，他也就不躲了。在刚参加工作的五年里，路灯下读书是潘从明每天晚饭后必做的事情。冬天，雪落在头上，他也不觉得冷。慢慢地，好多知识记住了，学透了。基础打好后，好多工作中不明白不理解的问题也就迎刃而解了。

潘从明在中国共产党历史展览馆前留影

理论素养的不断丰富，犹如给种子提供沃土一般，使潘从明迅速从一名普通工人成长为一名贵金属冶炼的行家里手。三百六十行，行行出状元。无论干哪一行，只要热爱本职工作，十足地付出，都能做出优异耀眼的成绩。万名职工大比武，是当时职工比拼技术、进行技术交流的活动平台，潘从明一过实习期，就报名参加了当年的职工技术大比武。

一进考场，潘从明找到自己的位置坐了下来。看到他来了，前边的老师傅回过头关切地提醒他："从明，你也来考试啊？这个地方是老师傅们的专场，考不及格是要被扣钱的。"

潘从明自信地告诉坐在前边的老师傅："我肯定能行！"老师傅听完摇了摇头，因为他从来就没见过刚上班就敢来参加职工大比武的，在他眼里这是老师傅们的战场……

考试中，无论是理论考试还是实际操作，潘从明都表现得非常亮眼，丝毫不比一些老师傅差。技术比武中，他取得了贵金属精炼工优胜者荣誉称号。此后的十二年中，在公司举办的各类技术比武中，他荣获了贵金属精炼工优胜者、技术能手、状元、擂主、技术标兵等荣誉称号。拥有很强的自学能力，给潘从明插上了腾飞的翅膀，任他在知识的天空像雄鹰一样翱翔。

筑牢知识的底座

潘从明注重延长学习的手臂，让书本的理论知识通过实践变成生产力，攻坚克难，增强本领。他总结冶炼技术，将其推向更高层次。

2001年，操作技能熟练的潘从明，面临着铂族金属生产线中出现的各种各样的问题：产品不合格、风机停摆、原料杂质升高……这些问题如潮水般涌向他。这让他很快发现了自己的短板——理论素养薄弱。因此，上班的时候，潘从明除了在岗位上跟着师父干活儿，同时一有时间他就抓紧向师父请教，学习师父日积月累的经验，提高自己对贵金属冶炼的认知水平，并且将一些生产过程中的主要细节以及师父讲解的重点内容，记在自己随身携带的小本子上。每天下班后，不管多累，他都要争取将小本子上的内容吃透了再休息。日复一日地积累，量变引起质变，使他从表面的掌握操作，逐步深入走向对原理的理解，一层层揭开贵金属冶炼技术的神秘面纱。

人在喜欢一件事情的时候，总会渴望知道得更多，得

本书作者周习和潘从明（左）在金川科技馆合影

到得更多。贵金属提炼需要五六十种化学试剂，包含八百多个方程式，所涉及的化学知识很多。更为棘手的是，其中七成以上的知识，无法在课本资料中找到。那是20世纪90年代末，网络还没有如今这么发达，想要查阅一些贵金属相关的新资料，比登天还难。

潘从明并没有灰心，化学知识学完了，就向专业知识

潘从明（右）在参加国家科学技术进步奖答辩

进军，各种各样的方法都找遍了，对于到手的专业资料他如获至宝、珍惜备至。他捧着这些“天书”一样的宝贝，在班里学，在家里学。姜小红说，丈夫潘从明学起来就像即将高考的学生，不知疲倦。已记不清曾有多少个深夜，都是妻子陪伴着潘从明，在台灯下啃下了一本本厚厚的专业书籍。俗话说，好记性不如烂笔头，《湿法冶金手册》《贵金属生产技术实用手册》《贵金属分离与精炼》《贵金属萃取化学》等120余本专业书籍被潘从明一一“吞食”。他一共写下了80余万字的学习笔记。将获得的知识、想法、思路整理成学习笔记，这个好习惯改变了潘从明理论知识欠缺的窘迫局面。那些学习笔记成了他取之不尽的知识宝库，提高了他的理论素养和技能水平。

有一次，处理物料成分发生了变化，生产又到了紧张关键阶段，继续干，怕出差错；不干，影响后续的生产任务，一成不变的处理办法在这里失去作用，变得毫无用处。大家都不知道该加多少试剂，不知道该怎么办的时候，潘从明则是一个人写写算算。过了一会儿，他坚定地告诉大家按照5.2kg加。大家对此心存疑虑：“老师傅都吃不准、拿不稳的事情，你为啥要大家加5.2kg？要是出错了可怎么办？”潘从明说：“我根据化学反应方程式算过

潘从明在调试关键设备

了，就是5.2kg。”他的话语中充满了底气。老师傅也没干过，心里也没底，但是他看了看潘从明的计算过程，认为没有问题，就同意按照5.2kg加。第二天结果就出来了，指标非常好，大家对潘从明也更佩服了。

理论指导实践

钯是重要的铂族金属，是我国重要的战略资源，主要应用于精密电子元件、航空航天、能源电池、光导纤维等诸多涉及国家战略的尖端领域。金川是我国最大的矿产钯生产基地，金川钯冶炼技术水平的高低，直接影响着我国战略物资保障的安全性。

潘从明刚参加工作时，钯精炼仍然沿用20世纪80年代的传统工艺。整套工艺流程十分冗长，操作也很烦琐。铂钯经萃取分离后，需经过多步的还原、溶解等过程，才能衔接后续工艺精炼钯。当时，潘从明由于工作需要，从蒸馏岗位转向钯精炼岗位，每天反复进行着络合酸化作业。络合酸化对pH的要求极其严格，特别是对于新手，更是不好把握，一不小心就会把pH调过头。正因如此，师父总是叮嘱他调pH是个精细活，一定要细心操作。因此，潘从明更加认真地操控着络合酸化的每一个步骤，记录着每一个步骤的过程。

在一遍遍的精炼过程中，潘从明总能听到岗位师傅抱怨钯的精炼周期实在太长了。他听进耳里，急在心里。一次翻阅书籍时，一则铜产品的冶炼方案引起了他的注意：“铜与氨水络合后，采用盐酸调整 pH，使铜氨络合物转化为氯化铜……”一个念头走进了他的脑海：既然铜氨络合物可以用盐酸直接溶解，那么钯氨络合物呢？如果可以，是不是就可以直接衔接后边的工艺从而缩短流程，解决钯精炼周期长这一大问题？

既然有了猜想，潘从明就每天都留意钯精炼的生产过程，后来细心的他发现，每当 pH 降低，母液中钯的含量都会上升，这一现象恰恰验证了他之前的猜想，他立即付诸行动。他利用空班的时间进行实验，不断地在钯盐中加酸，然而收效甚微。师父对他说：“放弃吧，我干了快一辈子了，也没见过谁用酸将钯盐溶解过。”因为贵金属的理化性质相对稳定，几乎不与大多数试剂反应，它的溶解大多数用到的都是王水这样的高强度溶解剂。但他并没有轻言放弃，而是苦苦思索，寻找突破的方法。他尝试调整酸的加入方式等，并在加酸的过程中不断升温，30℃、40℃、50℃……终于，在溶液煮沸的那一刻，酸化铵盐完全溶解了。

这一刻，潘从明也如沸腾的溶液一样激动，这不仅极大地简化了钯的精炼流程，解决了大家抱怨的问题，而且一举颠覆了沿用近二十年的工艺流程。这个小改动，源于潘从明日复一日的理论积累，成于潘从明坚持不懈的探索研究，这使潘从明第一次尝到理论指导实践带来的甜头。

第七章 改进再改进

成长为多面手

潘从明通过自己优异的表现，在工作两年的时候就被任命为置换粗分班组的副班长，专门负责生产技术工作，置换粗分班组岗位是铂族金属分离绕不开的核心环节。

当时，贵金属的回收率高不高，就要看置换得好不好。岗位职工操作，每个班次指标都不一样，指标不好，就要被考核。考核得多了，好多职工不愿意干了，岗位职工在置换的时候都来找他说："你是班长，你说怎么干？"

潘从明沉默了，他并不是觉得干不了，而是为职工的工作态度在担忧。潘班长必须起表率作用，他先是按照标准的流程现场操作了一遍，岗位职工笑着说："这样干就合格吗？我们也是这样干的，为什么我们就不合格？"

听到岗位职工质问自己，潘班长又认真细致地为他们讲了起来。他说："置换是有诀窍的，你是打开搅拌加入试剂，我也是打开搅拌加入试剂，但我们真的就一样吗？我在置换的过程中，还控制了反应的细节。置换是要在一定酸度条件下升温进行反应，我把反应温度控制在釜内有热气，温度刚刚好，同时我根据母液的酸度计算后加入液碱，酸度也刚刚好。"岗位职工一开始不相信，拿起温度计就去测。"班长控制的温度真准！"测量温度的师傅惊讶地报了出来。此后，大家在流程上再也不敢缩水了，都规规整整地干起来，置换的指标比以前明显提升了。

分管的领导也发现了潘从明的过人之处，对他说："班组的生产搞得这么出色，设备管理还比较弱，你再去抓一抓吧！"潘从明义无反顾地又去干了设备班长。在大家眼里，设备班长是轻松的，其实不然，潘从明干了才知道，

潘从明（左三）和团队成员获得全国机械冶金建材行业职工技术创新成果展示活动一等奖

JINCHUAN
荣誉证书
在"2024年全国机械冶金建材行业职工技术创新成果展示活动"中获得
一等奖

设备管理一点都不好干。班组以生产任务为主，设备检修的活儿没有多余的人去干，没人干就潘班长自己干，设备坏了潘班长自己修。刚开始泵漏了，潘班长也不会修，但是不修就要影响生产，他只能先拆下来，卸开了自己研究，设备用一用就要坏，特别是在湿法的强腐蚀环境下，设备更容易坏。冬天，经常是室外棉袄室内单衣，检修的活儿更是不好干，北方冷起来地冻三尺，更不要说容易结晶的液体管道了。屋外冷，检修穿着大棉衣；室内狭小，进来更换阀门又要换单衣，潘班长不怕麻烦，反反复复地折腾，终于摸清楚了现场所有设备的脾性，他也因此成长为既懂工艺又懂设备的多面手。

放弃聘干专注一线

聘干，是无数进厂职工的梦想。刚开始潘从明也一样有着聘干梦。

潘从明工作后不久，厂里下达了新一轮的聘干通知。这是一线职工更进一步的机会，潘从明踊跃报了名。

为了聘干，潘从明努力准备着。潘从明应聘的是宣传干事，专业技能、业务水平都难不倒他，撰写新闻稿件更是得心应手。聘干结果很快就出来了，潘从明却犹豫了，默默在心里问自己：真的想去干宣传工作吗？无非还是看中了办公室工作的轻松。最终，潘从明放弃了聘干。

此后，潘从明更加全身心地扑到生产一线，本着肯学、肯干、肯钻研的精神，练就了一身真本领，掌握了贵金属冶炼的最高技艺。在生产一线、在工人的岗位上，更能展现自己、实现自己的人生价值。也正是自身的努力和

潘从明（右二）和团队成员在一起开展实验攻关

潘从明（左三）在为徒弟传授技能讲解工艺原理

单位持续的支持与投入，才让潘从明实现了个人的理想和抱负。后来，潘从明这样说道：“我感恩这个劳动光荣、创造伟大的好时代，作为一名一线产业工人，能够为实现国家贵金属高质量发展战略贡献青春、智慧和力量，我深感骄傲和自豪！”

改进再改进

从 2011 年开始，潘从明就深知沿用之前的工艺已经不再适合现在的行业发展要求，他开始准备寻求更为先进的贵金属生产工艺。改进再改进，这不是口号，这是对工匠精神的执着追求。

对贵金属生产来说，要想突破，就必须通过不断地实验摸索，真的是山高路远路又险。在贵金属技术方面，中国本就远远落后，只能一步步地赶超，而这一步步地赶超，依靠的就是潘从明手中摇曳的玻璃烧瓶与混合的化学溶液，它们的颜色是如此的绚丽多彩。

潘从明的实验台是一个两米见方的桌子，不大不小，为了保证桌面不被腐蚀，上面铺着一层黑胶皮，远远看去黑得发亮，极尽简陋却又充满光亮。

这个实验台，见证了贵金属提纯工艺的沧桑巨变。潘从明做起实验来非常认真，他要想摸透参数、吃透工艺，就必须在实验台上来回鼓捣。化学实验一旦搞起来，就要获得实验结果，中途不能停下来。有一回，潘从明进行钯的煅烧还原实验，管式炉内通着氢气，他一边观察一边绘制着温度曲线，当温度稳定下来时，已是深夜12点，此时的他突然有了饥饿的感觉，就想着反应也还平稳，先去垫一垫肚子，就离开了实验台，来到了楼下。没走几步，就听见“嘭”的一声。完了，肯定是炉子炸了。他心里“咯噔”一下，撒腿就往楼上跑。此时屋内浓烟滚滚，防毒面具就在身旁，他一把戴上，就往里冲，迅速切断了管式炉电源与氢气阀门。待屋内烟气散尽了，他才发现原来是尾气吸收的管道崩开了，幸亏管式炉还是完好的，真是有惊无险。

关于潘从明实验的故事，数不胜数，但他都是为了贵金属技术进步在摸爬滚打。2016年，他带着自己的实验创新成果去申报国家科学技术进步奖，却没有获得成功。他知道自己的技术比起先进技术还有欠缺，还有完善提升的空间。他并没有气馁，而是一头又扎进了科学实验的海洋，继续优化完善补充。时光如白驹过隙，转眼又是三年，他的三年成果更加丰富。2019年，他主创的“镍阳

潘从明参加第十六届高技能人才表彰大会领奖时留影

极泥中铂钯铑铱绿色高效提取技术”获得国家科学技术进步奖二等奖。评奖的过程中，一切都在按照既定的程序紧锣密鼓地进行着，但是答辩环节却难住了他，潘从明是地道的甘肃民勤县人，朴实地道的方言韵味这回竟成了他答辩路上的绊脚石。为了能和老师专家更加深入地交流，金川集团工会也想出了新办法，积极联系普通话老师，帮助他练习普通话。潘从明的普通话是速成的，是真的下了功夫。那段时间，他努力练习更正自己的发音习惯。经过认真的练习，最终他的答辩圆满成功。

第八章 科技创新

科技创新源自前人的不懈探索

一线产业工人是企业发展的螺丝钉、奠基石，也是企业发现解决技术难题的前哨站、排头兵。不同于科研人员，他们面临的技术难题往往更实际、更具体，结合生产来看又显得更复杂、更全面，但他们解决难题的需求往往更朴实、更迫切。

笔者对潘从明说：“潘班长，我在你们企业宣传栏上，看到这里最推崇的是‘创新’，并且是‘颠覆性创新’。对于这，我还是第一次听说，不过，这很对，你们没有经验可借鉴，因为你们是龙头，只有创新才有出路。听说你去医院看病人都找到了创新的方法。”

潘从明点点头，说：“创新不是我一个人的事，而是几代人的事。我们今天能取得点滴成绩，其实是享受了前人挥洒的汗水。这不是谦虚，而是我在创新道路上的切身体会。”

“这些年来，您是怎样带领团队搞创新的？”

“明天，我带着你到我们的车间看看。”

潘从明是骑着电瓶车来的，那是一辆很普通的电瓶车。他说自己不会开车，没有时间学车。这并不难理解——潘从明是一个惜时如金的人，几乎所有的时间都用在做实验上。

这天是星期天，路上行人不多。笔者跟着潘从明来到金川集团公司所在的二号岗，有穿着黑色工装的人在值班，偶尔也有骑着电瓶车来上班的人。通过了严格的两道岗，进入了贵金属的厂区，望着高大的厂房和一排排的管道，潘从明的脸上呈现出愉快的表情。这是热爱工厂的表现，他爱厂如家，这种爱是装不出来的，是发自内心的。

一位身材强壮、个子约一米八的年轻工友在等着我们，他戴着黄色的安全帽，穿着蓝绿相间的工装，戴着口罩。他叫王得瑜，是提纯一班（铂钯）的班长。

从一道厚重的白色卷帘门进去，就是贵金属冶炼最精华的车间，车间内又分无数个小车间。黄黑色的防护栏杆上面挂着“铑铱精炼区”的牌子。一排安全指示牌和它并列：“当心酸碱灼伤”“当心碰头”“当心蒸汽烫伤”等。

《『五步』创新思维法》封面

红色的标语悬挂在最顶上：“坚定不移地推进高质量发展，全面开创建设世界一流企业。”一股属于化工的刺鼻味道传来，几位师傅蹲在地上忙着。潘从明解释说：“这是维保师傅利用星期天休班时间，在修补地面。”看来忙碌是他们的常态。笔者戴上王班长给我们拿来的白色棉口罩，环顾四周，只看见无数根有序的工字型管道、高大的空间、无数个圆形的仪表和阀门。

潘从明热情地解说道：“这么说吧，采集来的矿石提取镍以后会产生一些剩余矿渣，这就是提取铂钯的主要原料。一直以来，因为前道工序提取黄金需要，产出的剩余溶液整体酸度较高，无法直接萃取钯，导致效率更高的铂钯萃取工艺长期陷入停滞，迫使生产过程采用污染大、金属回收率低的化学沉淀法提取铂钯。”

贵金属包括铂族中的钯、铑、铱等，潘从明又讲解了很多贵金属冶炼的知识：“当时，为了使萃取工艺能够成功应用，代替落后的化学沉淀法，我们没少想过办法。我们尝试加入氢氧化钠、氢氧化钙、碳酸钠、氨水等碱性试剂进行中和，改变性质，降低酸度和杂质，但要么会导致贵金属流失，要么除杂效果不理想，各类尝试无一不以失败而告终。”

功夫不负有心人，20 世纪 90 年代的一本没有署名的笔记给他提供了灵感：铂钯铑铱的分离，因常规试剂的还原性适中、溶解性较差，应重新挑选其他试剂。潘从明心想："对啊，我们一直在考虑怎么让酸性符合现有的试剂，却从来没想过更换新试剂，让试剂适应酸性。"笔记本上的只言片语，虽然不是解决问题的具体方案，却触类旁通给了他灵感和启发，为他打开了另一扇门，使他萌生了筛选溶解性好、还原性适中的化学试剂进行沉淀分离的新思路。

此后，潘从明带领班组的技术骨干查阅学习相关内容，调研国内外同行企业的情况，交流借鉴经验，请教相关的专家，反复研讨制订实验方案。这是一个极其枯燥的过程，需要他沉下心来。在不断学习、交流、碰撞的过程中，他积累了大量的经验，最终筛选搭配出了合适的试剂和与之匹配的工艺，实现了铂钯铑铱绿色高效分离提取。

科技创新与维生素 C 的故事

科技创新一直是潘从明追求的目标，时时刻刻萦绕在他的脑海中，生活中点点滴滴的细节无不在提醒着他创新再创新。

潘从明说：“2004 年，公司在基层一线工人中通过考试选拔了 40 名优秀员工，参加西安建筑科技大学冶金工程专业业余班三年的学习，我也被选中了，大学老师到我们公司培训中心来授课。主要在平日的晚上、双休日和寒暑假，我一边上班一边认真学习，同时利用这三年的学习时间，将参加工作以来遇到的难题向有关老师请教。当我问得多了，知道的就多了，就开始做一些实验，破解实际生产中遇到的难题。”

对潘从明而言，三年的学习，最大的收获就是化学基本理论，思考问题的方法，理论指导实践的能力有了很大提升，也彻底解决了长期遗留的困惑，从那时起，他开始自主试验。

据说，有一次，潘从明去医院看望病人，从医生开的药方里，找到了贵金属提取的好方法。对此传闻，笔者好奇地问他有没有这回事。潘从明呵呵地笑起来，痛快地承认：“有的，有的。干上了贵金属提取，会遇到无穷无尽的问题，按下葫芦浮起瓢，技术操作十分复杂，往往是解决了一个问题，后面还会有更多的新问题出现。你必须要不停地思考新办法，克服困难，自己找办法。走路想，吃饭想，时时刻刻想，想不出来，决不放弃。”

原来，2009年以前，从原料溶液中分离铂钯和铑铱，一直采用传统的铜粉置换工艺，因为后续精炼过程当中，铂钯互含高、铁含量超标、精炼次数特别多。潘从明和同事们一直尝试更新化验剂和工艺，萃取、离子交换等新方法试了一种又一种，试验做了一遍又一遍，效果就是不理想。

潘从明说："那个时期，因为一直没有找到好方法，同事们都感到悲观失望，但我仍然坚持着寻求更好的解决办法。本行业里没有，我就到别的行业里寻求，多学习，力求尽快找到解决的办法。遇到相关的试剂，就想加进去试试，我没有局限在自己的认知范围内。"

说到这里，潘从明拿起水杯喝了一口水，似乎在卖个关子。笔者知道，下一步，他要说关键问题了。果然，紧接着他说："一位同事住院了，我去看看。站在病床前和他说话的时候，无意中看到医生给他开的药：补铁药剂和维生素C。我看到铁和维生素C，就问他：'补铁为什么还要补充维生素C？'同事回答说：'医生怕吃的铁被氧化，所以配上维生素C，吸收会更好一些。'说者无意，听者有心。就是这句话让我幡然醒悟——怕氧化，那就是说维生素C具有还原性了。只能说明它的还原性不强，这不就是

潘从明在展示铂族金属产品

我们做实验需要的还原剂吗？我从心里感到非常高兴，既然想到了，就一定要试试。”

那天，潘从明回到家里，查阅维生素C的性质。果然，上面写着：这是一种广泛应用于食品药品行业的抗氧化剂，具有温和的还原性。潘从明说：“这和我们的要求出奇地吻合呀，所以我和同事们立刻用维生素C开始了新的实验。令人惊喜的是，维生素C加入后竟然真的把铂钯沉淀出来了。我认为这次大胆的尝试，打破了传统学科的界限，最终找到了合适的处理方法，使问题从根本上得以解决。我的亲身经历说明，创新是没有捷径的，必须扎根一线，立足岗位，把自己的业务吃透，坚定认识，心无旁骛，万事可破。”

潘从明在那里越说越激动，笔者也听得热血沸腾，忍不住问道：“这么多荣誉称号，更看重的是哪个？”

潘从明脱口而出：“当然是国家科学技术进步奖二等奖，这是西北地区唯一的产业工人获得的全国科技大奖。”

见笔者点点头，潘从明继续说道：“从2009年起，带领团队历经4年多的时间，经过10000多次的实验，完成了‘镍阳极泥中铂钯铑铱绿色高效提取技术’攻关任务，解决了这个多年来困扰无数专家的世界性难题，这代表着我国贵金属冶炼技术正在向高端化、技术化发展。新的贵金属生产线，改变了长期以来依赖国外的局面。我们因此获得了国家科学技术进步奖二等奖，成为西北五省区首位获此殊荣的一线工人，为工人阶级争了光。”

跳出专业，广泛借鉴，不断地和别人探讨交流，寻找新思路，才能推陈出新，汇聚出创新成果，在创新路上结出硕果。

科技创新离不开无数次的实验

我国铂族金属面临的状况是原料成分极其复杂，贵金属含量极其贫乏。从金川铂族金属伴生矿与世界主要铂族金属矿床品位对比来看，金川的铂族金属伴生矿含量仅为国外的几十分之一，同时杂质元素高达二十几种，是世界之最。从金川镍矿渣中提纯一克贵金属，要经过反复提纯精炼，直至剩余万分之一的杂质，稍有偏颇就会前功尽弃。如果没有一套先进的铂族金属提纯工艺技术，就无法将金川镍矿中的铂族金属回收，只能作为电解镍渣、阳极泥等工业废料被抛弃。同时，贵金属作为国家战略性资源，其核心提取工艺基本处于保密状态，国外同行对核心技术实施技术封锁，特别是一些技术领先的国家，严防先进技术引入我国。国内稀缺，国外保密，可以借鉴的资料实在少之又少，导致贵金属全萃取工艺，自研究以来工艺流程一直不完善，十几年间几乎毫无进展，相关设备一直搁置。高精尖技术是用金钱也买不来的，书本上找不到的答案，潘从明就自己琢磨；书本上没有的化学方程式，他根据经验来写；书本上没有的技术条件，他通过实验情况来总结。

说起做实验，潘从明可谓是十分执着。当时，他经常利用自己的空余时间，将自己学习总结的思路、想法进行实验验证，尽量把自己的想法落到实处，用实践检验、磨炼自己的理论水平。有时候，几天几夜都不回家，啃着干馍守在实验室里。记得有一回，实验一直没有获得明确的结果，他就一直做，当时手机这种先进的联系工具也还不普及，久不回家，家中守望的妻子就带着孩子到单位来找他。结果，出现在她们母女面前的潘从明蓬乱着头发，工作服上也沾满了试剂，整个人显得比较沧桑，他的女儿都认不出他来了。

为了工作，这样付出是否值得？潘从明表示，这是值得的，他的习惯是，不管干啥工作都要认真对待，踏踏实实，争取干一件成一件，付出和收获总是成正比的，有付出才有收获。

2010年，潘从明开始担任贵金属分厂提纯班班长，全面负责金、铂、钯、锇、钌、铑、铱7种贵金属的生产。他承担了“金川铂族金属高效分离与精炼新工艺研发与应用”这一科研创新项目。其间，潘从明又主动担负起打通贵金属全萃取工艺的重要任务，他带领班组技术骨干大胆改革沿用多年的贵金属生产工艺，调研了国内外相关企业

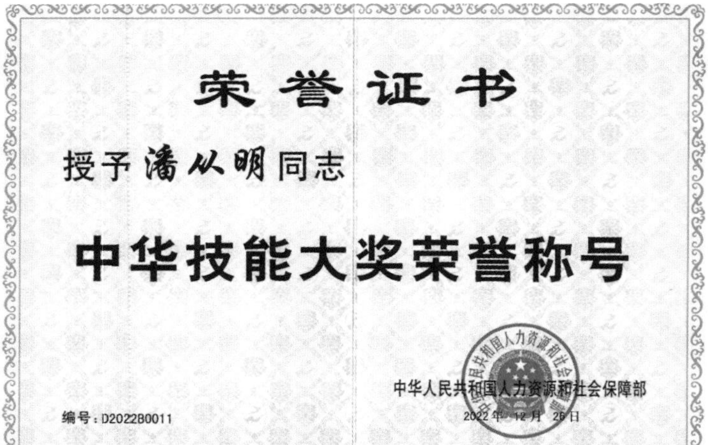
荣誉证书

授予潘从明同志

中华技能大奖荣誉称号

中华人民共和国人力资源和社会保障部

编号：D2022B0011

2022年12月26日

中华技能大奖荣誉证书

的物料成分与处理工艺，找症结、寻突破，刻苦研发，仔细研讨制订实验方案和工艺流程，并经过反复实验，彻底打通了贵金属全萃取工艺流程。

为了让金川贵金属生产工艺赶上国内外先进技术，潘从明和团队立足生产岗位，不等不靠，主动作为，着力突破原有工艺缺陷，研发更加适合金川铂族金属的提纯精炼工艺。他常常连续日夜奋战在实验现场，四处查阅文献，请教同行专家，反复研讨制订实验方案，一遍一遍地进行实验，不断地改进探索，经常连续工作几十个小时，经过近三年反反复复地实验探索，终于研发确立了一整套稳定可靠、经济环保的新型工艺方案。

新工艺成功研发后，对贵金属工业生产带来的改变是巨大的。整套工艺彻底解决了已沿用 38 年的传统处理工艺对复杂贵金属原料适应性差等问题，在工业化进行推广后，生产运行平稳、技术指标提升至 10 倍以上，不仅优化了处理工艺，而且提升了产品的品质，填补了多项国内外空白，真正让创新成果在实际生产中落地生根。

第九章 工匠梦，金川梦

怀揣大国工匠的梦想

榜样的力量是无穷的。潘班长的榜样是全国劳动模范包起帆老师，他执着追求、勇攀高峰的精神给了潘从明巨大的鼓舞和启发。20 世纪 80 年代的包起帆还是上海港码头装卸工人，后来一跃成为全国知名“抓斗大王”。但他没有自满，而是在攻坚克难的道路上奋勇前进，继续完成了开通国内第一条内贸标准集装箱航线等一系列壮举，由此取得了国家科学技术进步奖、国际发明奖等一系列沉甸甸的成果，成为工人队伍中走出的创新力量。成为包老师那样具有高超技术水平、卓越创新能力的一线工人，一直是潘从明的梦想。

2008 年，潘从明和同事们完成了银阳极泥中金铂钯高效提取的技术研发工作。这项工作历时近五年，他和同事们投入了巨大的时间与精力，终于打通了关键环节。经上级领导批准，准备开始进行工业化试车。

就在新工艺试车的关键阶段，潘从明的母亲却感到身体无力，胸部隐隐疼痛，去医院检查，竟是患了乳腺癌，于是立刻联系医院做手术，进入化疗阶段。祸不单行，这时候潘爸爸身患严重肺病卧病在床。潘从明非常自责，觉得父母没过几天好日子，而就在他们最需要照顾的时候，作为儿子的他却不能在跟前尽孝。潘从明的女儿当时正在读初中，可就连女儿备战中考的关键阶段，他也没能给予足够的关心和鼓励。最受委屈的还是他的妻子姜小红，每次回家他都是匆匆地看望一眼父母和女儿，然后又回到岗位，所有的重担都落在了妻子瘦弱的肩上。他觉得自己非常幸运，有一个好妻子，不仅从未拖过他后腿，反而在生活、学习和工作中一直默默地支持他，做他最坚强的后盾。

有时，姜小红会对丈夫潘从明发脾气：“你还知道有这么个家？你还知道父母病重？你还知道女儿今年中考？你干脆拿着铺盖卷去单位住，别回来了。”潘从明也明白妻子的委屈和不满，在这最困难的时候，他把当家的责任都抛给了妻子，自己却一头扎在了工作上。他常常说：“我不是一个孝顺的儿子，也不是一个尽职的父亲，更不是一

潘从明受邀参加首届全国“红旗杯”班组长大赛颁奖典礼

个合格的丈夫。”

有人会说潘从明太不近人情：“工作就那么重要？至于让你撇下家人吗？”潘从明说：“虽然我的心里对家人有一百个舍不得，但是在攻克试验项目的战场上却有一百零一个问题等待着我去解决。作为班长，我全程参与了项目的实验、改造和试车，掌握着最完整的第一手资料，现场离不开我，我更有责任扎根在现场，以便随时解决出现的问题，直到试车成功。”也许只有亲自面对艰难的抉择时，才能真正体会“忠孝难两全”的无奈吧。

助力金川成为高科技铂族精炼中心

金川集团拥有世界第三大硫化铜镍矿床，是中国镍钴生产基地、铂族金属提炼中心和北方地区最大的铜生产企业。其贵金属生产系统，是金川集团工艺最为复杂的生产系统。如今的金川，早已融入“一带一路”建设，面向世界获取矿产资源，努力打造具有全球竞争力的跨国经营集团。让金川成为甘肃的窗口、祖国的骄傲，让金川扎根祖国、走向世界，是每一个金川人毕生的追求。这需要一代又一代金川建设者追求卓越、开拓创新、攻坚克难、不断寻求发展。

潘从明的金川梦，自然与贵金属息息相关：要将一组组的现代化设备应用于贵金属生产，彻底取代过去的“瓶瓶罐罐”，提升贵金属精炼的工作效率和现代化生产水平，将一线职工从单调的体力劳动中解放出来。

潘从明所在的贵金属提纯厂房，1980 年建成时，年产量为 400kg，其设计规模与当时规划的金川集团二期 20kt/ 年电镍相对应。随着金川集团镍生产规模逐年扩大，贵金属生产规模与金川集团公司“扩贵”的高质量发展目标不相匹配，厂房空间狭小、机械化及自动化水平较低等问题突出。

潘从明深知，要想扩大贵金属冶炼规模，光靠扩能扩产是行不通的，必须通过创新，突破关键核心技术瓶颈，才能彻底打破产能限制。为此，他和同事着手开展研究工作，力主形成一整套具有完全自主知识产权的生产系统。

2017 年，他们在不建新厂房、不购新设备、不引进技术的条件下，完全依靠自主技术创新，采取技术改进、设备革新等一系列举措，将铂族金属产能由 20 世纪 80 年代设计的 400kg/ 年，提升到 4500kg/ 年以上，增长了 10 倍以上。

2019 年，他们依据前人宝贵的经验，在前人的基础上自主研发工艺，提前谋划，合理布局，并突破性、创新性地进行贵金属一、二次资源综合回收利用项目建设，着手制订相应的施工方案、试车方案、达产达标方案等，保证了项目建设进度，使整个项目建设工期缩短3个月。

2020年，贵金属一、二次资源综合回收利用项目建成投产，再次将铂族金属的产能提升至7000kg/年以上，目

潘从明在观察99.99%纯度的铂族金属产品

前则已达到12000kg/年，人员消耗、加工成本降低为原来的30%，并形成以矿产资源为主导、同时可处理二次资源物料的全流程生产线，进一步优化调整了金川贵金属的原料结构适应能力，切实提高金川贵金属资源保障能力，推进了金川贵金属事业的发展，助力金川成为亚洲最大的矿产铂族金属生产线。

完善贵金属绿色提取技术系统

“绿水青山就是金山银山。”党的十九大以来，环保成为潘从明重点关心的问题。每每提到自己的工作，仿佛大家的视野总是离不开废气、废水、废渣。长期以来，在贵金属提炼过程中，国内外一个显著的特点就是：国外产量大、污染小；国内产量小、污染大，环保政策一度成为国内外贵金属冶炼技术的重要壁垒。不仅要做得大，也要做得好、做得绿色、做得环保，这是新时代给贵金属人提出的新要求，也是贵金属人应该为之努力的“绿色中国梦”。

作为中共党员，潘从明深知中国梦的意义重大。他带领年轻工作者，瞄准与国际领先技术的差距，致力于贵金属提取技术的环保研究，经过耗时近十年的专项攻关，攻克了贵金属冶炼过程中复杂废水及废气处理过程的多项难题，逐步形成了具有金川特色的贵金属绿色提取技术系统。

2019 年，国外同行赞叹中国工人在污染防治技术领域“了不起”，感叹金川污染防治技术发展快。以潘从明为代表的中国工人依靠自己，解决了世界性难题，并且以潘从明为代表的中国工人还要以关键共性技术、前沿引领技术、现代工程技术、颠覆性技术创新为突破口，广泛借

潘从明在新闻发布会上向大家展示提取的铂族贵金属产品

鉴，寻找新思路，走前人没走过的路，努力实现关键核心技术自主可控，把创新主动权、发展主动权牢牢掌握在自己手中。

当年轻成员沾沾自喜时，潘从明告诫他们不能仅仅局限在目前取得的成绩上，要放眼未来，不断地寻求发展，把行业领域的先进技术掌握到自己手里。随后他和团队成员又把眼光投向了新的领域。目前，国内大量汽车、电子产品、石油催化剂等已面临报废高峰期，各类二次资源中的贵金属就是一座座移动的“城市矿山”，这些二次资源也逐渐成了国内外同行关注争取的焦点，被大家青睐。“我们的资源绝对不能让别人拿去，我和我的团队接下来要做的事，就是从包括汽车催化剂、石油催化剂在内的二次资源中回收贵金属，并将项目做大、做强，同时开展贵金属高附加值化合物的生产研发，继续扭转我国在铂族金属资源方面的劣势，摆脱铂钯铑铱依赖进口的被动局面。”潘从明坚定地说道。

第十章 精神高地

传承“三个精神”

以下是潘从明获得全国劳动模范称号后撰写的一份发言稿，里面有“真金白银”，笔者想全文奉献给亲爱的读者，让你们从原汁原味的第一手资料中，从大国工匠的身上汲取丰富的精神营养。

我是一名金川精神的传承者，也是我们甘肃、我们金昌一线产业工人的一个缩影，我能够当选今年的全国劳动模范，赴北京参加表彰大会并上台领奖，和国家领导人面对面、零距离接触，这是我作为一个农村子弟、技校毕业生想都不敢想的事情。这是党中央、国务院给予我的至高荣誉，更是给予我们千千万万劳动者的至高荣誉。我代表甘肃省全国劳动模范走上人民大会堂领奖台上的时候，很有底气，我的底气来自和我并肩作战的金川职工，来自我们金昌的一线产业工人，来自我们甘肃广大朴实的劳动者。和中央领导交谈的瞬间如白驹过隙，但彼时彼刻的激动之情却挥之不去。中央领导的双手，将国家的关怀与一线工人连在一起，将强国梦与一线工人连在一起，将党中央对一线工人的高度重视、对贵金属发展的殷切期望、对今后工作的重重嘱托和全国产业工人连在一起。

能够参加此次表彰大会，我有“三个没想到”：第一个是没想到我能够成为 1689 个全国劳动模范和 804 个全国先进工作者中的 51 名上台领奖者，并且在第一拨第三个代表甘肃省上台领奖；第二个是没想到我能够成为 51 名上台领奖者中的 10 个“最美职工”之一，并且参加了2020年“最美职工”发布仪式；第三个是没想到我能够成为10个“最美职工”中的5个代表，参加国务院新闻办公室举办的中外媒体记者见面会并接受采访。

我能取得今天的成就，可以归纳为“三个得益于”：第一个是得益于我们金川得天独厚的矿产资源，因为金川丰富的矿产资源，才有了金川公司，才有了“铂族金属提炼中心”，才有了我们金川职工发展的平台；第二个是得益于早已融入我们血脉中的“艰苦奋斗，追求卓越”的金川精神，才使我沉下心来坚守岗位、刻苦好学，形成在工作中喜欢钻研、做事力求完美的行事风格，厚积薄发，从量变达到质变；第三个是得益于我们甘肃省、金昌市以及金川公司开展的产业工人队伍建设改革，正是由于宽松合理的政策支持以及各级领导对广大一线职工成长成才的高度重视，才使我们毫无束缚地放开手脚去施展自己的才华，才使我取得今天的成绩。

全国劳动模范这个荣誉称号应该是属于广大产业工人的，不是属于我个人的。在这里，我还有“三个感谢”：第一个是感谢金川的先辈们，感谢贵金

潘从明（右一）在国务院新闻发布会现场

属冶炼技术领域的前辈们，他们是贵金属事业的开拓者，是帮助中国摆脱贫铂国家帽子的奠基人。他们几代人用一生的默默无闻，留下了数之不尽的技术资料，留下了宝贵的金川精神，成为供我们攫取的巨大财富；第二个是感谢全国总工会以及甘肃省、金昌市、金川公司等各级领导的包容与信任，没有各级领导的支持与推动，可能我与全国劳动模范称号将终生无缘；第三个是感谢一起并肩作战的团队成员以及默默支持我的家人，正是他们的付出和理解才成就了我。

习近平总书记在表彰大会上指出：“大力弘扬劳模精神、劳动精神、工匠精神。‘不惰者，众善之师也。’在长期实践中，我们培育形成了爱岗敬业、争创一流、艰苦奋斗、勇于创新、淡泊名利、甘于奉献的劳模精神，崇尚劳动、热爱劳动、辛勤劳动、诚实劳动的劳动精神，执着专注、精益求精、一丝不苟、追求卓越的工匠精神。劳模精神、劳动精神、工匠精神是以爱国主义为核心的民族精神和以改革创新为核心的时代精神的生动体现，是鼓舞全党全国各族人民风雨无阻、勇敢前进的强大精神动力。”

作为一名党员，我的成长更离不开党和国家的培养和关怀，我的事业在金川，根在金川。我要做的就是把先辈留下来的精神动力源源不断地传承下去，引领大家热爱劳动，崇尚劳动。

我对劳模精神的理解主要是三个词、六个字：肯干、能干、会干。肯干，是劳模精神的根本，就是扎根在岗位，奉献到岗位，对工作不挑肥拣瘦，对困难能迎面而上，耐得住寂寞，禁得住诱惑，守得住初心，愿意为了自己的工作付出；能干，是劳模精神的灵魂，就是沉下心来，勤学苦练，钻研技术，把技巧磨炼到炉火纯青，在自己的领域内精益求精、追求极致；会干，是劳模精神的新时代使命，就是能勤加思考，善于创新、敢于创新，发明高效的方法，服务于生产，解决现场问题，生产高质量产品，形成自主核心技术。

只要我们以社会主义核心价值观为引领，坚定不移听党话、矢志不渝跟党走，脚踏实地做好本职工作，以钻的精神、挤的韧性、活的思维、实的态度，立足岗位，恪尽职守，以强烈的责任感和使命感完成每一项任务，就能当好主人翁，建功新时代。

潘从明在参加全国劳动模范宣讲

“在危机中育先机、于变局中开新局”，我将牢记总书记的嘱托，继续扎根在贵金属生产一线，推陈出新，和自己的团队一起学习、共同努力，依托金川产业工人队伍建设改革的契机，继续发扬金川“艰苦奋斗、追求卓越”的精神，继续传承劳模精神、劳动精神、工匠精神，推动中国制造向中国创造转变、中国速度向中国质量转变、中国产品向中国品牌转变。我将不忘初心、牢记使命，把个人理想融入中国梦，始终做劳模精神、劳动精神、工匠精神的推动者，创新创造的实践者，振兴发展的建设者，埋头苦干，锐意进取，继续为全面建设社会主义现代化国家新征程贡献力量，为实现中华民族伟大复兴的中国梦不懈奋斗！

见证神圣时刻

“伟大、光荣、正确的中国共产党万岁！伟大、光荣、英雄的中国人民万岁！”当56门礼炮100响的鸣放声在天安门广场磅礴响起，当飞机编队呈“100”“71”字样掠过天安门上空等壮阔的场景在眼前呈现，潘从明再也忍不住了，他在那一瞬间热泪盈眶。

2021年7月1日，在庆祝中国共产党成立100周年这个重大而又庄严的日子里，潘从明应邀在北京天安门近距离聆听了习近平总书记的重要讲话，和七万多名为党和国家作出卓越贡献的各界人士一起见证了庆祝中国共产党百年华诞这一伟大而又具有历史意义的神圣时刻。

潘从明在自己的日记本上写下了如此感想：“这是中华民族的伟大光荣！这是中国人民的伟大光荣！这是中国共产党的伟大光荣！”

潘从明受邀参加庆祝中国共产党成立 100 周年大会，在天安门城楼前留影

百年苦难辉煌，百年风雨兼程，理想信念之火一经点燃，就永远不会熄灭。在中国共产党的正确领导下，中华大地全面建成了小康社会，历史性地解决了绝对贫困问题；从新中国刚成立时的百业待兴，到如今，谁妄想欺负、压迫、奴役我们，必将在14亿血肉筑成的钢铁长城面前碰得头破血流。作为中共党员，潘从明内心感到无比的光荣与自豪。

回顾金川的发展历程，1964年露天矿第一次爆破，正式向全世界宣告、向祖国母亲汇报“中国贫镍、缺铜、少贵的日子将不复存在”，在一个多甲子的艰苦奋斗中，金川紧跟党的发展步伐，始终不忘“实现中华民族伟大复兴”的伟大梦想和初心，在冶炼提取技术装备方面不断改革创新，2019年跻身世界500强，为党的第一个百年奋斗目标的圆满实现贡献了一份力量。

“心中有梦，才能奋力拼搏。”潘从明本是技校毕业生，论条件、论文化，都不如很多人。守初心、爱钻研、能吃苦、有自信，成了潘从明在一线生产岗位上创新的强大动力——遇到不会的，就狠下心来研究，哪怕吃住在生产一线，也要弄明白、搞清楚；遇到会的，也不轻易放过，而是考虑各种复杂情况，然后勤加模拟、练习，从厌恶失败，到习惯失败，再到学会分析失败，直到品尝成功喜悦。潘从明做到了将勤补拙，他不断提升自己，充实完善自己，一路坎坷、一路披荆斩棘，最终成长为全国劳模、大国工匠。在新的征程上，作为生产一线的党员、劳模、工匠，潘从明表示自己必将与金川数万名职工树立“坚定不移听党话，矢志不渝跟党走”的决心和信仰，和大家同呼吸、共命运，并以“敢教日月换新天”的执着与魄力在生产一线多做科研，多搞创新，多出成果，为实现第二个百年奋斗目标奉献自己的力量。

未来属于青年，希望寄予青年。一百年前，一群新青年高举马克思主义思想火炬，在风雨如晦的中国苦苦探寻民族复兴的前途。一百年来，在中国共产党的旗帜下，一代代中国青年把青春奋斗融入党和人民事业，成为实现中华民族伟大复兴的先锋力量。同样地，金川未来的建设也要依靠青年职工。近年来，金川深入推进产业工人队伍建设改革工作，出台了《金川集团公司新时代产业工人队伍建设改革实施方案》等一系列有利于职工发展的政策，为广大青年职工搭建平台通道，帮助促进他们成长，一线职工也切实得到了好处，成效显著。潘从明也在一线岗位继续发挥自己劳模创新工作室的作用，将自己的绝技绝活传给岗位职工，为金川培养更加优秀的青年职工，和他们一起建设金川、服务金川。潘从明直言自己必将不忘“全球资源配置能力强的世界一流企业”的使命，传承“艰苦奋斗、追求卓越”的精神，带领团队，与所有金川人一道，以科技创新为抓手，以人才培养为基础，为贯彻金川集团“聚金汇川、利民兴邦、构建金川命运共同体”的宗旨继续奉献、不断突破。

潘从明（右二）在全国劳动模范和先进工作者表彰大会颁奖现场

以科技创新赢得未来

金川集团已经把发展的“靠山”由矿山资源重塑为科技创新。2023 年 10 月，中国工会第十八次全国代表大会第二次全体会议上，潘从明的名字出现在执委名单中，这也是对他科技创新的肯定。

镍都金川六十多年，经历了无数风雨，生动诠释了科技创新的澎湃力量。2024 年，金川集团位列世界 500 强第 300 位，中国企业 500 强第 78 位，总产值突破两千亿元，建成镍钴资源综合利用国家重点实验室等 18 个国家、省部级创新平台和 78 个职工创新工作室。人人参与、产学研一体创新体系已形成。全国重点实验室既承担着服务一线生产难题的重任，也承担着“攻克”行业关键技术的责任。

金川集团的金属材料及压力加工研究所是镍钴共伴生资源开发与综合利用全国重点实验室，下设集镍铜钴金属新材料基础研究、中试开发和工程化研究于一体的专业研发机构。近几年，实验室面向中高端应用领域，研发生产了航空航天等领域所急需的耐高温、耐腐蚀有色金属新材料。更轻薄的“手撕镍带”成为金川镍加工带材产品走向世界的“国家名片”。羰基镍丸——实现羰基法精炼镍技术的自主可控，填补了国内行业空白，有力保障了国家高温合金对高端镍的需求。合金粉末——开展生物医用金属材料调研及钴基材料开发，进行医用3D打印合金粉末研发生产，解决老百姓在医用金属材料方面的需求。从“手撕镍”“手撕铜”到羰基镍丸成功走向市场，从笨重的板材到带材，从毫米级到微米级，创新之道，唯在得人。越来越多的高层次人才加入金川集团，金川集团实施“金川新动力青年人才引进工程”“金川高精尖紧缺人才猎取工程”等政策，不断吸引青年人才加入其中，人才储备优势日渐明显。创新不问“出身”，越来越多的一线员工成为创新主力军。

为挖掘、带动更多的一线职工，金川集团成立了2个国家级劳模工作室、9个省级示范工作室以及86个公司级工作室，让一个个创新工作室，成为一线人才的培养摇篮和科研攻关阵地。“潘从明劳模创新工作室”是金川集团86个工作室之一。金川连续37年贵金属产品纯度达99.99%，潘从明说：“做人、干工作，也要达到99.99%。”

在金川集团，像潘从明这样追求创新与极致的产业劳模还有很多——2023年，镍冶炼厂职工柴国梁获得“全国技术能手”荣誉称号；选矿厂一选矿车间磨浮乙班被评为

潘从明在国家科学技术奖励大会现场留影

全国工人先锋号；4 人获得甘肃省五一劳动奖章；2 个团队获得金昌市五一劳动奖状；2 人获得金昌市五一劳动奖章；4 人被评为金昌市工人先锋号。

科技创新是企业的生命，也是金川集团在新时代不竭的资源与动能。如今，金川集团利用科技创新这个“传家宝”，实现了资源型企业的华丽转身，培育壮大了新兴产业，金川集团在新时代走出了新路径。

第十一章 生生不息

劳模创新工作室

潘从明劳模创新工作室就设在铜贵公司贵金属车间内，大门看起来比较新，门口一侧挂着六块方形的牌子，其中一块银色的夺人眼目：2020 年 3 月发的“全国示范性劳模和工匠人才创新工作室”。

进入工作室，与外面遍布管道、阀门的坚硬感觉不一样，这里面有温和的成分，令人惊奇。墙上海洋一般的颜色为主色，有各种制度、创新目标。而潘从明获得的荣誉一大串，框着蓝边非常醒目，其中包括“潘从明个人荣誉汇总表”“潘从明劳模创新工作室历年创新成果汇总表”。原来，早在1999年，潘从明就拿到了厂里的“贵金属精炼工技术能手”和“金川公司先进生产者”；2022年，潘从明当选为中国共产党第二十次全国代表大会代表。创新成果方面，从2013年的职工技术创新成果二等奖，到2019年国家级的“镍阳极泥中铂钯铑铱绿色高效提取技术”，这是潘从明一路走来付出的汗水和智慧结出的硕果。

工作室里内容很丰富，各类精密仪器的模型、各种化工产品的展示品摆在一边。旁边有一排椅子，整齐地摆放着。靠墙边有一块大黑板，黑板上有密密麻麻的化学方程式，看来平时潘从明就在此上课。他用恒心练就绝技、绝活，用实际行动诠释了产业工人的责任与担当。他将自己绝技绝活的精髓毫无保留地分享给同事和徒弟们。

靠墙的陈列桌上放着“红旗党小组”的奖牌，党员突击队、党员服务队一个也不少，在学习科学技术的同时，潘从明也不放松政治理论的学习。墙上还张贴着特约监督员的照片和简历，一切都那么规范。再抬头看书橱里，有供人阅读的书籍，既有《习近平谈治国理政》第三卷，也有金川集团工会编的《第11届职工技术创新成果》。

对于工作室成员，潘班长介绍说，新生力量不少，有好几个“90后”，团队需要年轻人的加入，因为科技创新需要一代又一代的人去传承。他很看重中共党员身份，他认为党员的一项最基本的任务，就是带头攻坚克难，带动更多的人成长起来。一个人优秀不是优秀，一个团队优秀才是真优秀。

《潘从明工作法》封面

笔者看到一摞类似于作业的材料在一张桌子上放着，凑近一看，都是手写的《实习报告》，里面有潘班长手写的批语，有的连错别字、标点符号也改过了。我翻了几十本，每一本都有潘从明认真批改的痕迹，无一例外。潘从明说：“提纯工序是典型的实业性工作。手写并不是增加烦恼，而是让大家在学习的过程中带着问题去思考。”

这几年，来潘从明这里学习工作的新徒弟很多，他都是同样要求——每月 25 日的下午 6 点之前，提交手写的实习报告、工艺流程图、设备连接图以及学习总结，发现问题及时通过实验解决，并定期完成论文或申请专利。他也会坚持在固定的时间里批阅总结，及时帮助徒弟解决问题。

潘从明认为勤于动手写总结的另一个好处是，可以让年轻人把大学期间学的知识唤醒，尽量让他们少走弯路。他作为师父只有亲力亲为，批改作业，毫无保留地倾囊相授，才能培养出更多有理想、懂技术、敢担当的高技能人才。

潘从明有着明确的工作态度，那就是“干一行爱一行”。他在工作中严格要求自己，树立“精度”意识，坚持“即使做一颗螺丝钉也要做到最好”的信念。他深知，二次资源的综合利用，是一个内容极其宏大、意义极其重大的课题，仅仅依靠自己这一代人的努力，想要实现这个宏伟目标，是远远不够的，因此他必须培养新人。他清醒地认识到，实现中国梦，不是一个人、一代人的事，而是要依靠生生不息的创业者，一代代传承，一代代耕耘。

其实，对于新员工的培养，潘从明心里有着明确的目标："我要充分发挥自己劳模工作室的优势，以此为平台，坚持党员是旗帜、人才是根本、创新是灵魂、技术是支撑的理念，组建团队，培养人才，实现员工多方面发展，增强创新团队的综合实力，为做大做强贵金属持续输出人才和技术，在一线帮助贵金属产业工人队伍发展壮大。"这也是潘从明对未来的展望。

在潘从明看来，产业工人队伍建设改革一直是头等大事，通过改革，让产业工人队伍的主人翁地位得到巩固，技能水平和综合素质不断提升，各项保障制度更加健全，合法权益得到有效保障，锻造一支有理想、守信念、懂技术、会创新、敢担当、讲奉献的产业工人队伍。

金川集团的人才理念是"适者为才、人尽其才、尊重价值、多元激励"。《金川集团公司新时代产业工人队伍建设改革实施方案》制定了与之相适应的 25 条举措，来促进金川一线员工的发展，激励广大职工脚踏实地做好本职工

潘从明获得 2021 年度“感动甘肃 · 陇人骄子”称号

作。这也是金川员工的机遇。

强起来，靠创新，也靠人才。潘从明充分发挥自己工作室的综合利用性，培养人才，组建团队，并制订严格的创新团队成员培养计划，实现员工多方面发展，增强创新团队的综合实力。从思想上，他要求徒弟们爱岗敬业、无私奉献。没有对岗位的热爱，没有倾情的投入，没有一种无私奉献、忘我的精神状态，原动力就不会产生。从行为上，他要求徒弟们持续专注、开拓进取。要持续地前进，持续地进步，持续地在真理领域中驰骋，要以一种不断创新的姿态去审视每天的工作。在期望他们成长成才的同时，潘从明希望他们精益求精、追求极致，将一丝不苟、精益求精的工匠精神融入每一个环节，以最大的能力、能量投入产品制造过程中。他说："若要我摘出肩上最重的担子，那么就是甘为人梯，为'李从明''王从明''赵从明'等更多的人言传身教，让他们心怀对国家的感激以及贵金属产业发展的使命感和责任感，帮他们走上创新的道路，教他们攻克创新的难题，使他们成为国家的栋梁，登上比我更高、更远的巅峰。"

潘从明在班组采取的新员工培养办法主要是"P-D-C-A"四个模式。其中，P 阶段以班组为单位制订新员工培养计划，按岗位进行划分，并明确每个实习阶段员工需达到的技能水平，同时让新员工根据对岗位的了解，针对短期、中期和长期制订个人的学习计划和职业发展规划，并且制定对策，明确培养方法，确定时间节点，责任到个人。D阶段按照规划对新员工开展培养，由导师进行现场指导，从生产工艺流程、操作技术参数、工艺管道走向、设备操作及维护等方面展开系统化培训，对过程进行跟踪，确保工作能够按计划进度实施。同时建立起信息采集、收集的新型档案，并且由班组配置专业理论学习资料。每周开展新员工理论素质培养，提高新员工对岗位理论知识的掌握能力。班组还依托劳模创新工作室，通过自主采购、捐赠等形式，收集贵金属专业书籍，鼓励新员工在闲暇时间自主借阅学习。C阶段主要是进行每个月的培养检查，其中新员工根据自己所学撰写的实习报告占20分，现场实际验收占20分，师父和同事的评价占40分，理论测试占20分，每次现场实际验收他都会亲自去，不合适的他就现场为徒弟们进行指导，同时希望自己的手艺得到传承。A阶段主要包含巩固成果、完善问题、多岗位循环培养，主要是通过巩固新员工培养已取得的效果，固化培养方式，制定巩固措施，并分析存在的问题，对培

潘从明在为徒弟讲解工艺原理

养计划和员工个人规划进一步完善，优化下一步的培养方案。根据新员工阶段性学习效果，对部分进行导师和岗位轮换，实现员工多方面综合发展，并且自主结合不同师傅的优缺点进行归纳总结。

因为潘从明的严厉，很多青年员工对他这个师父是“又爱又怕”。在检查徒弟们学习成果的同时，他还和徒弟们谈心聊天。在和徒弟们的交谈中，他发现，刚入职的年轻员工大多是独生子女，工资卡基本上交家长，不管工资开多开少，父母每月都会给固定的零花钱，缺乏经济上的压力，过去常用的奖惩手段对他们缺少效果。由此，他把准年轻工人的脉搏，改变对于新员工的奖惩模式，对于犯了错误的成员不罚款，而是要求他们抄写不少于20页的技术规程作为惩罚。这样既帮助了新入职员工尽快熟悉生产工序和流程，同时也让教训真正地“入脑入心”。迄今为止，潘从明共培养出贵金属冶炼高技能人才200余名。

比他在岗的时候做得更好

李进武是贵金属冶炼分厂提纯班一班的生产班长。他圆脸，中等个头，体格健壮，看起来很厚道。他比潘班长早进厂两年，和潘班长同在一个厂房工作，一个在厂房的东头，一个在厂房的西头，一个车间分四个班，认识后他们亲如兄弟。他对潘班长的好学印象很深。他说："只要师父讲，潘班长就拿着小本记，并且问个不停。师父说他将来肯定有出息。"

李进武说，潘班长很关心他们这一帮小兄弟。他年龄很小就上班了，对于考试晋职称等切身利益都不关心。有一次，单位上报考技师，潘班长打电话到他家里，潘班长问他为什么不报考技师。他回答："不会写论文，有些问题不会，语文也没学好。"潘班长觉得李进武有畏难情绪，就带着复习材料，直接找到李进武家里来："你要考试，将来还要晋职称。我的复习资料给你拿来了，好好复习。不会的地方可以问我，哪个不会，我来教你。"李进武显出很为难的样子："我成绩不好，又学不进去，怕考不过。"潘班长对他说："我这里有书，你多看看，要勇敢，只有不断地学习，技术才越来越好。"于是，他就勇敢地报了名，认真复习，最后竟然考过了。后来，他又多次参加职称考试，一步步上升，成了特级技师。

笔者听完不禁问道："现在您也是班长了，能独当一面。潘班长这位带头人，把你们的技术水平都提高了，思

潘从明（左一）在为徒弟讲解工艺原理

想水平也提高了，你们对他有什么评价？”

李进武回答：“我很感激他，他还帮我找对象呢。他对我们的好，我们无法回报，就是把金川这个家守好，让他放心。我们会坚守底线，他这么付出不容易，若出事，对不起他。滴水之恩当涌泉相报，他是我人生路上的贵人。我曾当面和他说：‘你不仅是俺领导，也是俺哥！’他出去开会，我们这些人去上班也早，不敢离开，比他在的时候工作还认真，我们要真正地为工作负责。”

李进武说起来很动情，停顿了一下，接着说：“潘班长对人大公无私，好东西都教给别人。他不怕俗语说的‘教会了徒弟，饿死师父’。他将自己知道的都教给徒弟，从不保留。”

追随者们的梦想

不光和潘从明有兄弟情谊的李进武这样感激他，“90后”的王得瑜也感受到潘从明兄弟般的情分。王得瑜是潘从明的小徒弟，个头很高。王得瑜出生于1995年，兰州理工大学毕业后，一个人来到了金昌工作，进了贵金属技术最复杂的提纯班。开始实习的第一年，王得瑜感觉不习惯，连个烧杯也不会拿，业余时间也不让玩手机，每天一成不变地程序化工作，师父要求特别严。一个岗位一个岗位地实习。实习每月规划自己写，必须用手写。每月的 30 号必须交上，不交上就罚多写 20 页。内容要写清楚对流程和岗位职责的认识，包括当月学习的过程、操作的方法。25 号要交总结。每个月的总结要达到 20 页以上，也必须手写。总结的内容包括：这个岗位有哪些物料，有哪些流程，有啥

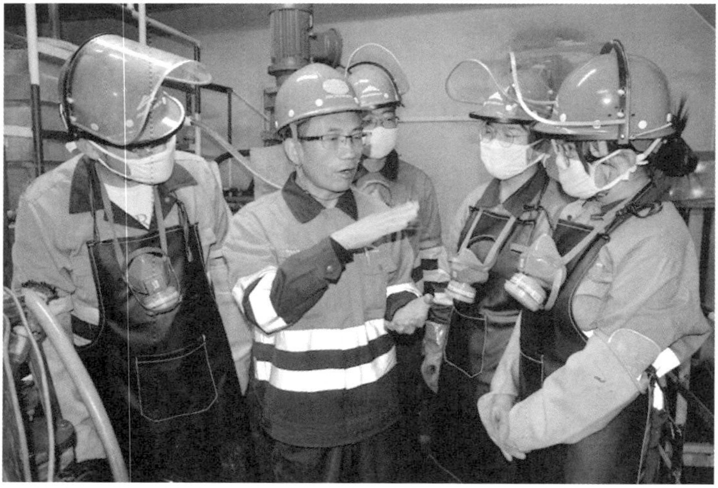

潘从明（左二）在为新员工讲授现场知识

问题，有什么建议。刚开始，王得瑜提不出问题来，很怕写总结。后来他了解了工作内容，能画出设备连接图、工艺流程图，一切才熟悉了。

王得瑜还记得，自己第一次去做实验时忘了戴口罩。忽然，潘班长递过来新的手套和口罩。在每次遇到实验难题的时候，潘班长都会说："换个方向，继续干。"王得瑜知道，潘班长的严格要求就是想让年轻人快速成长。随着工作成果不断积累，王得瑜渐渐明白其中的意义所在：干好工作、养成良好的习惯永远是第一位的。只有动手实践，才能把书本里的知识融进自己的脑海里。如今，上班六年的他，已经拥有了 4 项专利和 5 篇论文。辛勤的付出，也让他很快成了提纯一班的班长，带领着团队成员一起奋斗。"我们在学习中传承。"王得瑜坚定地说道。

王得瑜一度觉得自己在金昌举目无亲，潘从明因此让自己的妻子和同事为徒弟考虑终身大事。经过一段时间，他们给王得瑜找到了一名当老师的妻子。王得瑜结婚的时候，潘从明亲自去主持婚礼，把王得瑜这个徒弟感动得无以复加。潘从明对同事们的职称情况都放在心里，及时提醒，他时刻关心职工的进步，关心他们的政治学习，鼓励他们参加技术比武。新进职工的家长们说，孩子跟着潘从明干，有奔头，很多刚毕业的大学生纷纷要求进他的班组。“为什么？一句话，进步快。”

第十二章 工匠精神的光芒

做一个有光的人

一定要做一个有光的人，因为你不知道谁会借着你的光走出黑暗。潘从明是甘肃武威职业学院等学校的特聘教授，有的学校邀请他作专题讲座，当场聘请他为客座教授。他还到西北师范大学、兰州资源环境职业技术大学讲课。不管多么繁忙，只要上级组织或者校方诚挚邀请，他都欣然接受。

到了学校，潘从明会很认真地和师生交流，毫无保留地和师生分享他扎根生产一线，潜心钻研贵金属技术，从普通一线工人成长为大国工匠的成长历程。他发明的颜色判断法闻名全国，主创的从铜镍冶炼“废渣”中精准提取稀贵金属的核心技术，填补了国内外贵金属资源综合利用技术的多项空白。潘从明用朴实生动的语言、翔实的案例阐释大国工匠的精神内核，讲述了平凡劳动中的伟大，向师生们传递了执着专注、精益求精、追求卓越、不断创新的劳模工匠精神，激励在场师生要心怀梦想，砥砺奋斗，不负时代，不负韶华。

有一次讲座后，潘从明到学校智能制造实训中心进行现场指导，与校领导及师生代表进行深入交流，勉励师生传承工匠精神，积极投身实践，提高动手能力，在实践中快速成长为高素质技术技能型人才。有个听了讲座的学生说：“听了潘老师的演讲，让我深入了解了大国工匠的修炼历程。我要学好专业技能，不断提升自己，努力成长为能吃苦、有梦想、敢突破的新时代青年，用我所学建设美丽家乡。”

对于相关领域的职业教育，潘从明也有一些思考：“职业教育要多跟企业单位结合。在三年的职业教育生涯中，

潘从明（右）在和德国专家进行交流

第一年学理论，第二年就应该进入工厂进行实践，发现不足后再回到课堂上，找出理论学习上不到位的地方。到了第三年，理论和实际充分结合，成为单位喜欢你、你喜欢单位的技能人才。”

作为一个冶金行业的过来人，潘从明想对所有青年人说：“面对工作要有积极的态度，要沉下心去做。做好规划并每天对照检查。每天进步一点点，日积月累，就是伟大的进步。这是对自己的未来负责。”

做大国工匠“实践导师”

2024 年 9 月，潘从明担任了全国总工会大国工匠人才培养“实践导师”。

220 名大国工匠培育对象，来自不同的领域，一起聚集在清华大学，参加培训营一期开班式。他们分为两个班，将接受为期一年的线上线下培训。这就是说，潘从明不光与课题打交道，还要与这些脱颖而出的各行各业技术人员打交道，把工匠精神传承下去。大国工匠列入国家战略人才力量是党的二十大报告中首次提出来的。《大国工匠人才培育工程实施办法（试行）》中提出，每年计划培育 200 名左右的大国工匠起到示范引领作用，培养 1000 名左右省部级工匠和5000名左右市级工匠。笔者采访潘从明的时候，一班和二班已经完成第一阶段课程。106名学员在理论导师和实践导师的辅导下，顺利完成了联合攻关课题的开题环节，并开展了丰富多彩的校史教育、实验室参观、临时支部学习活动和联合攻关小组研讨等校园学习活动。下一步返岗研学阶段，还要开展攻关小组互访学习、导师线上辅导、大国工匠创意工具箱文创设计、技能绝活小视频点亮“职工之家”App等活动，以此支持西部地区工匠人才培养及大国工匠助企行等多项成果输出工作。

举办“大国工匠人才培训营”，其目的是要培养一批堪当中华民族大厦“基石、栋梁”的大国工匠，努力成为推进高质量发展的“主力军”、促进发展新质生产力的“金刚钻”，为加快建设科技强国，推动实现强国建设、民族复兴伟业提供重要战略人才支撑。

《学员名单》和《二班：创新公关课题交流手册》中记录的信息详尽而准确，从中可以知道这些培育对象一共分了八组。每个学员都有《个人资料备忘录》，条理非常清晰。原来，潘从明已经对大国工匠培育对象的创新攻关课题的攻关方向，在“选题价值与可行性”“研究思路方法”等方面线上线下进行了指导点评。

潘从明（左四）受邀参加大国工匠人才培训营开班式

大国工匠人才训练营学员的主攻方向、培养目标非常明确。他们来自全国各地，都是各项技术的顶尖人才。就是这些人在自己的岗位上默默奋斗、拼搏付出，让我们的生活好起来了，让我们的祖国强起来了。

潘从明说，在学员培养过程中，导师要发挥关键性作用。对此，他的个人体会是，一名合格的师父必须过“三关”。

一是技术关。师父传授徒弟的不仅是技能，更重要的是工作原理，这就要求师父是理论知识与实践经验兼而有之的复合型人才，并能够将理论融于实践。

二是责任关。一个负责任的师父对徒弟工作价值观的影响可能是一生的，师父传授的不仅是知识，还有对工作的责任心。

三是感情关。师父要把徒弟当兄弟姐妹，相互间要加强沟通交流；同时师父要愿意倾囊相授，使徒弟能够敞开心扉，从而达到事半功倍的效果。

潘从明先用种菜打比方，讲述了自己对“三个精神”的认识，生动而亲切。他说：劳动精神是“好好种菜”的精神，工匠精神是“种出好菜”的精神，劳模精神是“创造性地种菜”的精神。

随后，潘从明继续讲述自己对“三个精神”的认识：

劳动精神是创造精神，从无到有；工匠精神是创新精神，从有到精；劳模精神是创业精神，从精到优。

劳动精神是“用手劳动”的精神，工匠精神是“用心劳动”的精神，劳模精神是“用情劳动”的精神。

劳动精神是“知之者”的精神，工匠精神是“好之者”的精神，劳模精神是“乐之者”的精神。

后 记

西行去拜见大国工匠、贵金属冶炼特级技师潘从明，是我人生中又一次“朝圣”之旅。

对我来说，“朝圣”两个字，已用过一次。25年前，儿童文学作家安武林在《西安日报》副刊，发了一篇随笔，说我的延安之行是朝圣之旅。我那时候刚过30岁，从事矿产资源管理工作，业余时间写小说，内心只有对文学的热爱，怀里揣着两部长篇小说稿件到延安拜访了著名评论家李星和作家赵熙、和谷等。安武林用“朝圣”两个字来形容我的那次延安之行，暗示我对文学的虔诚之心，令我惶恐不安。

这次使用“朝圣”两个字，是我从心底发出的。大国重器的成就者和他的工友们，肩上担负着祖国重托和人民的幸福生活。一位优秀的大国工匠，必然有他的独到之处。毫无疑问，因“把人民放到最高位置去创作”的理念，我去探研学习大国工匠的过程，就是朝圣的过程。

大自然是我们的导师，青藏高原底座上托起的珠穆朗玛峰，牵引着我们的目光，提醒着它才是我们值得崇敬的高处。中国西高东低的地形特征，决定了大西北的地理位置。除了最高峰——珠穆朗玛峰，还有“万山之祖”昆仑山、冈仁波齐等地理上的圣山，它们诞生了“夸父追日”“女娲补天”等成语。此外，这里的“东方艺术宝库”敦煌莫高窟和“天下第一雄关”嘉峪关，堪称人文历史高山。而我的采访对象潘从明和他的工友所从事的神圣的事业，就是我心中的圣山、高山。

我要全面了解大国工匠，了解他的生活，写出他身上的闪光点。可是我又不想惊扰他正常的生活，因为他惜时如金、肩负重任。于是我在纠结和矛盾中完成本书的写作。对我来说，完成一部几万字的书稿并不难，但是要写出主人公精神的高度，写到读者的心坎上，我感到很艰难。

在采访和交流中，我被大国工匠潘从明的事迹感动。“天宫”升空，“蛟龙”下海，这一系列大国重器，离不开“工业维生素”铂族贵金属的滋养。铂族贵金属更是航空航天、精密电子等国家战略高科技产业的关键基础材料。而我国铂族贵金属的提取，离不开潘从明和他的工友们。潘从明在岗位上练就了“点石成金”的绝技绝活，从黑乎乎的镍矿废渣里提取出铂族贵金属；用肉眼颠覆了沿用 30 多年的传统精炼工艺，形成了全新工艺流程及技术标准，成为西北地区首位获得国家科学技术进步奖的一线产业工人。他一直为人低调、谦恭有礼，虽然科研方面已硕果累累，但仍旧把所有的精力投入新的研发项目中，被评选为 2023 年“大国工匠年度人物”。

在河西走廊这块土地上，大国工匠潘从明“点石成金”，写下 80 多万字的笔记，归纳出 60 多种可用于提纯的化学试剂，总结出 800 多个涉及贵金属冶炼工艺的化学方程式，被作为贵金属精炼工的培训教材。潘从明上班从不迟到，节假日只要有空，就去实验室做实验，他把所有的时间都奉献给了他所热爱的贵金属冶炼事业。潘从明的事迹告诉我们，人生有了目标，只要奋斗，终将实现。

潘从明身上具备中华民族的优良传统：温良恭俭让。他敢于把自己的绝技绝活毫无保留地教给徒弟们，因为他的底气是可以再创新。他关心徒弟，包括他们的家庭婚姻生活。

走进潘从明劳模创新工作室的一刹那，满墙的荣誉见证了他不平凡的奋斗之路。潘从明说：“技术没有止境，创新应该永远在路上，热爱自己所做的事，要胜过做这些事给自己带来的回报，只要你付出了，肯定会有收获。”

在最大的人造天坑处，仰望龙首魂，耳边回响着金川工会干部马广铎演唱的《龙之谷》：“熊熊炉火，锻造你的魂；千锤万凿，打开尘封的门；在元素棋盘里舞蹈，让这世界绽放金属光泽。”我到山上寻觅，一块块黑色的、白绿相间的石头进入视线；看一丛丛梭梭树在风中摇曳，看灼灼桃花盛开。一切都如常，一切又不平常。我又去了金川公园，看到镍都开拓者纪念碑，找镍矿的陈鑫、汤中立、唐东福、郭春山等人的事迹在传颂。我从仅存几间泥坯房、尘土飞扬的白家咀子村出来，到达地质队有着很多栋整齐楼房的家属院，看到家属们在院子里哄着小孩子，其乐融融的样子，很是欣慰。这里只有甘肃水文地勘队的几名职工在办公，队里的田主任热情介绍原地质队的情况，还给了我一本《镍都金川六十年》，说起他们当年从武威搬到了这里的事，满是感慨。

采访大国工匠潘从明的经历，成了我讲党课的新内容，我因此获得了很多赞誉。感谢中国工人出版社编辑热心和耐心协调采访事宜，感谢我的第一批读者毛竹、李彩华、周晓云、崔筱荻、孙敏、张雯、赵光华——他们边读边热情而尖锐地提建议，给了我很多鞭策和鼓励。

在此，也要感谢金川集团工会常务副主席陈晓峰和工会的同志们认真给我的书稿把关。都是一群敬业的人啊！我相信，金川集团将用实际行动培养更多潘从明这样的实践导师和能工巧匠，奉献给祖国的建设事业，他们的壮举就如巍峨的祁连山，值得敬仰、崇拜和铭记。

2025 年 4 月